ダッシュエックス文庫

抜け駆けして申し訳ありません。
だけど僕はエロい日々を送ることにしました。

佐々木かず

1

文化人類学研究部。

僕が通っている私立端詰《はしづめ》高等学校にある部活動だ。

なにをやる部活なのか。その活動概要欄《がいようらん》を見ると、

〈人間の文化という概念をインタビューや観察において具体的に考察する部活〉

とある。

だが、大仰《おおぎょう》なのは部活名とその活動概要欄に書かれたことだけだ。

実態はぱっとしないものだった。

暇《ひま》をつぶすために都合がいい部活動を先輩の誰かがつくったのだろう。それを後輩たちが律《りち》儀《ぎ》に引き継いできて現在に至っているわけだ。

面子は以下のとおり。

部長であり二年生の川内肇《かわうちはじめ》。

副部長であり二年生の江原《えはら》 譲二《じょうじ》。

江原の幼馴染《おさななじ》みであり弟分の一年生の唐田祐樹《からたゆうき》。

なにを考えているかわからない一年生の大木邦彦《おおきくにひこ》。

そして僕、二年生の奥谷幸明《おくたにこうめい》。

僕はとくに特筆するべきことのない平々凡々な高校生。身長体重は小数点以下まで平均。女子としゃべらないわけではない。しかし特別な関係になるような雰囲気になることは皆無。

問題は最近入部したもう一人である。

一年生の二人が入部し、とにかく部活動ができる最低人数である五人を確保して安心していた五月上旬。僕の所属する二年三組に転校生がやってきた。

時期的に中途半端ではあったが、転校の理由についての説明はなかった。

端詰高校は全校生徒が部活動に参加することを義務付けている。そのため転校生も部活動をすることになったのだが、それが文化人類学研究部であった。

転校生、名前を来栖美亜《くるすみあ》といった。

そうなのだ。

女子なのだ。

男子五人しかいない部活に入部した唯一《ゆいいつ》の女子。

しかも来栖は超がつく美少女であった。

栗色の長い髪をしており、目は丸く鼻は高い。

唇はぷっくりとして潤《うるお》いを失うところを想像できない。

身長は女子としては高く、胸は豊満だった。

四肢《しし》は細く整い、足なんてすごく長い。モデルだと言われても誰も疑うことはないだろう。

「えっと……来栖美亜です。これからこの部活でお世話になります」

そしてこの笑顔である。笑窪《えくぼ》ができたその表情で見られたら、男であれば誰でもときめいてしまう。

初めて来栖が部活に参加したとき、僕も含めて五人全員が来栖に目を奪われた。

無口で有名な部長の川内が言葉を発したくらいだ。

「あ、ああ……よろしく」

絞り出した川内の言葉に、来栖がさらに笑った。

「よろしくねっ」

語尾が跳ねた。

僕たちはうごけなかった。

部室にある汚いソファから立ちあがり、全員が硬直してしまった。

それから男子たちの猛アタックがはじまった。

こんな部活に参加しているくらいだ。全員が童貞。

女子との会話がままならないやつらばかりで、どうアタックしていいかもわからない。

だけどどうにか来栖と仲良くなろうと一所懸命《いっしょけんめい》にちかづいていく。

一年生である唐田と大木も先輩たちに負けじと「来栖先輩」と声をかけていた。

ソファの中央に座った来栖を囲む男子たち。

鼻の下を伸ばし、目線を来栖の顔、胸、尻と往復させる。

露出《ろしゅつ》した太ももは白く、ほどよい肉感が見ているだけで伝わってくる。

そんな中、僕は他の男子たちに交ざることができなかった。

部活動には顔を出す。しかしもっぱら窓際《まどぎわ》に置かれた椅子に座って本を読んでいた。

別に来栖のことは嫌いではない。

むしろ好きなくらいだ。

クラスの中にいても来栖は人気者だった。

高飛車になることはなく、いまのところ裏の顔があるようにも思えない。

嫉妬《しっと》する女子も少なくないが、それ以上に来栖の人気にあやかろうとする女子が多かった。

文化人類学研究部の男子たちが夢中になるのもわからなくはない。

だからこそだ。

だからこそ僕はちかづこうとは思えなかった。

来栖は僕たちとは違う世界の人間なのだ。

本人はそう思っていないだろう。僕が勝手にそう思っているだけだ。

しかし事実、来栖は僕たちとは違う人間だ。

夢を見るのはバカバカしい。

はなしかけて返事をしてくれるのは来栖ができた人間だからだ。

そこに希望を見出《みいだ》してはいけない。

来栖は僕たちのことが眼中にないからこそ、人生に影響がないと思っているからこそ、部活動にやってきて会話に参加してくれるのだ。

来栖はモテる。

見た目もよければ性格もいい。

青春ど真ん中。女子高校生。誰かと付き合うこともあるだろう。

いや、すでに付き合っているやつがいるかもしれない。

そうなったとき「ほらやっぱり」と僕はつぶやくだろう。

来栖の相手は僕たちが及びもつかない学校の人気者であるに違いない。

そのとき幻想が幻想だったと気付き、現実の厳しさにのたうちまわることになる。

そうならないよう僕は来栖から距離をとる。

来栖美亜が悪いのではない。

むしろよすぎるのだ。

「ねえ、一緒に帰らない?」

だから下校時刻になり、来栖に声をかけられたときは驚いた。

勘違いではないことを確認するために、僕はうしろをふりかえった。

「奥谷くん、君と帰りたいんだけど」

僕の背後には誰もいなかった。

2

最近の僕は下校時刻になると真っ先に帰る。

もっと早く帰っても問題はないのだが、それだと負けた気がしてイヤだった。

あくまでも来栖《くるす》がいようがいまいが関係なく部室にいるスタンスを貫《つらぬ》くつもりだった。

「……く、来栖と僕が、一緒に帰る？」

下駄箱の前で、声をかけてきた来栖はすこし息があがっていた。走ってきたのだろう。

旧校舎四階にある文化人類学研究部の部室から下駄箱までは、案外と距離がある。

「早く行こう！　他の人たちが追いかけてきちゃうから！」

来栖は靴を履《は》くと同時に走りだした。

慌《あわ》てて僕も靴を履き、そのうしろを追いかける。

「いつもは、みんなと帰ってるんだけど」

他の部員である男子四人のことを言っているのだ。できるだけ来栖と一緒にいるために下校時まで纏《まと》わりついているらしい。

「今日は奥谷《おくたに》くんと帰ろうと思って、逃げてきちゃった」

僕が追いつくと、来栖がちょっとだけ舌を見せた。

心臓が高鳴る。

期待してはダメだと思いながらも否応《いやおう》なしに想像が膨《ふく》らむ。

手が握れるかもしれない。

抱きしめられるかもしれない。

キスができるかもしれない。

エロいことができるかもしれない。

無理だとわかっていながら、男子高校生の妄想《もうそう》はとどまることを知らない。

「ねえ、なんかしゃべってよ。あ、予定があった?」

「いや、ないけど……」

もう追いつかれないだろうという場所になり、走るのをやめた。

どうしてか僕はならんで歩けず、来栖のすこしうしろを歩く。

「奥谷くんは、どこに住んでるの?」

「西園町《にしぞのちょう》……」

その答えに来栖が形のいい眉をよせる。

「ごめん。私、まだわからくて」

「そう、だよな……」

謝るのは僕のほうだ。来栖はまだ引っ越してきて一カ月も経《た》っていない。

「三倉《みくら》駅から自転車で二十分くらいだよ」

端詰《はしづめ》高校の最寄《もよ》り駅が一倉《いちくら》駅。そこから二つ目の駅が三倉駅だった。

僕が住んでいる西園町はその三倉駅が最寄り駅だ。

ちなみに一倉駅と三倉駅のあいだにある駅は二倉《にくら》駅ではない。北一倉《きたいちくら》駅だ。

「あっ、ならちかいね……私の家は三倉駅からすぐだから」

駅までのバス停で足を止める。

他にも生徒がいた。しかしまだ最終下校時刻になって間もないため、そこまで多くはない。

部員たちが追いついてくる気配もなかった。

「ねえ、西園町ってなにがあるの？」

「……そこそこ有名な公園がある。西園北総合公園。通称、遺跡公園」

「遺跡公園？」

「弥生《やよい》時代の遺跡が見つかったとかで、それでそこを公園にしたみたい。遺跡よりも、最近では藤が有名だな……」

へえ。と、感心したように来栖がうなずいた。

バスが来たのでそれに二人で乗った。

立っていようと思ったが、来栖が座って声をかけてくる。

「ほら、あいてるよ」

このバスは端詰高校の生徒くらいしか使わない。老人や子供に気を遣《つか》う必要もない。

一人で帰るときは堂々と座るのだが来栖の隣となると、そうもいかない。

「どうしたの？」

不思議そうに来栖が首をかしげる。

ええいままよ！　僕は来栖の隣に座った。

その瞬間、いい匂《にお》いがした。どうやら来栖の長い栗色の髪から発せられているらしい。

それだけで僕は白目をむいて昇天しそうだった。

「まださ、わたしこのあたりのこと知らなくて」

「そうだよな……そりゃ」

「藤が有名な公園があったんだ……引っ越してきてすぐに知ってれば、まだ見られたよね」

そうだろう。藤が見ごろなのは五月の上旬だ。

いまはすでに五月の下旬で、藤の時季は終わっている。

「見たかったなぁ……」

悔しそうに頬を膨らませると来栖が僕を睨《にら》んだ。

「奥谷くんのせいだからね！」

「そうだよ？　もっとわたしとはなしてくれてれば、藤のこと知れて、見られたかもしれないじゃん！」

「え？　僕？」

それは理不尽《りふじん》な怒りというものだ。他にも西園町に住んでいるやつはいる。

それにすこし調べればそれくらいの情報は来栖でも知れたはずだ。

ここで違和感を覚える。

来栖の口調、動作、そしてちょっとした表情。

すべてが借り物であるように感じてしまった。

来栖が恨《うら》めしそうに俺の顔をのぞきこんできた。

「ねえ、どうしてわたしとはなそうとしないの？」

「いまはなしてる」

「そうじゃなくてさ、教室とか部室とかで」

「別にいいだろう。僕とはなさなくたって、来栖は話相手に困るやつじゃない」

「なにそれ？　普通にわたしは奥谷くんとも仲良くなりたいよ？」

これが上に立つ人間の余裕というものだろうか。

こんなことを言われてしまえば、好きになってしまうじゃないか。

あ、僕でももしかしたら。と、思ってしまうじゃないか。

「来栖……」

だから僕は来栖を好きになる前に防波堤をつくる。

「ん？」

透きとおった瞳で見つめてくる来栖。

「あ、えっと……」

見つめられて、来栖と仲良くなりたいという気持ちが大きくなってしまう。

だが言うべきことを言わなければならない。

もしも僕が覚えた違和感が的外《まとはず》れなら、それはそれで問題ないのだ。

「べ、別に来栖のことは嫌ってないから安心しろ」

「え？　どういうこと？」

やはり僕の違和感は正しかった。

「……誰とでも仲良くなろうと努力する必要はないんだよ。充分に来栖はみんなから好かれてるから安心しろ」

おそるおそる来栖を見ると、すこし驚いたように目を開いていた。

言われたことの意味を咀嚼《そしゃく》する時間を要するようだった。

3

バスが駅前についた。

やってきた電車に二人で乗りこむ。

来栖《くるす》は一言もしゃべらなくなった。

北一倉《きたいちくら》駅についたときだ。ふ。と笑うと、来栖がやっと口を開いた。

「さすがに、文化人類学研究部の部員さんだね」

「え？」

思わぬ言葉に僕は目を瞬《しばた》いた。

来栖は人のいい笑みを浮かべたままだが、どこか砕けた感じがあった。

「奥谷《おくたに》くんは、人をよく見てるんだね」

「そうか？　そんなことないけどな……」

「でも、わたしのことは見破ったじゃん」

見破った。と、いうほどのことはない。

ただ来栖がすこし無理をしているのではないかと思っただけだ。

誰からも好かれるよう必死に仮面をかぶっている。

嫌われないよう、嫌われないよう、誰にでも平等に接する。

八方美人だと陰口を叩く女子にまでイヤな顔ひとつせずにはなしかける。

だから僕を追いかけて一緒に帰ろうと言ったのではないか。

「人に嫌われるのが怖いのか?」

来栖の肩からは力が抜けていく。

「そういうわけじゃないけど……ねえ、奥谷くん、時間ある?」

「これから?」

「うん。うちに来ない?　ちょっとはなしたいかも」

女子の家。

しかも超のつく美人である来栖美亜《みあ》の家に招待されてしまった。

これは童貞男子からしたら夢のような話だ。

むしろ現実味がなさすぎて対応に困る。

「えっと……」

「迷惑じゃなければだけど……」

僕にむけられる来栖の目には懇願《こんがん》が含まれていた。

いい子であるはずの来栖からしたらけっこうな我儘《わがまま》だ。

「迷惑じゃない。明日は学校休みだしな」

なにを言ってるんだ？　これでは泊まることもできる。と、言っているようなものだ。

阿呆。余裕がなさすぎる。

しかし来栖は僕の失態に気付くこともなく笑った。

「よかった。なら決まりね」

ちょうど電車が三倉駅についたところだった。

駅のホームに降り、階段をのぼる。どこか来栖の足どりは軽くなったようだった。

来栖の家は駅からちかかった。今年建ったばかりのタワーマンションの最上階。当然のようにオートロック。鍵《かぎ》を使わないとエレベーターすらうごかせない。

「どうぞ」

重厚な扉を引き、来栖が家に案内してくれた。

「お母さん！　友達、連れてきた」

「お母さん!?」

童貞男子、ここでも失態。

女子が男子を家に誘うイコール親が不在だという勝手な方程式。

「おかえり。あら、こんにちは」

来栖の母親はこれまた美人であった。

二十代だと言われても疑わない。娘と同様に長い栗色の髪をしている。家だというのに白いシャツにタイトなスカートを合わせていた。

「こんにちは。同じ部活動でお世話になっている奥谷幸明《こうめい》です」

頭をさげ、僕は挨拶《あいさつ》をした。

「急な訪問で申し訳ありません」

「あら、丁寧《ていねい》に……おかまいできませんが、どうぞ」

僕は靴を脱ぐと来栖にリビングへと案内された。

「どうぞ座って。わたしはすぐにでかけないといけないから」

これから仕事があっての、この格好だったのだ。

「どこ行くの？」

「クライアントと打ち合わせよ……本当は昼間にやる予定だったんだけどね」

そんな会話をしながら母子《おやこ》して飲み物とスナック菓子を用意してくれた。

「じゃ、ごゆっくり」

軽く手をふると来栖母はでかけていった。

リビングは二十畳ほどあり、よく片付いている。大型テレビと大きな窓。白い壁には幾何学《きかがく》的な模様を描《か》いた絵がかざられていた。

「お母さんは、なんの仕事してるの？」

「建築関係の仕事」

スナック菓子をつまみ、来栖が答えた。

「お父さんは？」

「デザイン事務所の社長。美術大学で会って、そのまま結婚したんだって。最近お父さんは独立して事務所を開いて……」

「兄弟は？」

「奥谷くん、質問ばっかり」

「ごめん」

別にいいよ。と、来栖が悪戯《いたずら》っ子っぽい笑顔を見せた。

「お兄ちゃんが一人いる。大学生なの。東京で一人暮らししてる」

「なるほどな……」

「なにがなるほどなの？」

「いや、絵に描いたように素敵な家族だ」

「誉《ほ》め言葉として受けとるね」

その通り。誉め言葉だった。

「で？」

家に誘ってきたのは来栖のほうだ。話があると言っていた。

なんとなくその内容に察しはついた。

「話っていうのは？」

「あ、うん……」

飲み物をすこし飲むと来栖が真剣な顔で僕を見た。

「わたしと友達になってくれる？」

「なってるつもりだけど」

「そういうことじゃなくて、わたしが嫌われないよう努力しなくていい友達ってこと」

「そういうつもりで、友達になった」

電車で見せた来栖本来の顔。

相手の顔色を気にせずに我が儘を言う普通の女子高生。

「そう、ありがとう」

本当にうれしそうだった。

来栖は立ちあがると廊下へと消えた。トイレにでも行ったのだろうか。

しばらくしてもどってくると、来栖は着替えをしていた。

Tシャツにパーカ、ジーンズというラフな格好だ。

制服姿しか見たことがなかったため、新鮮味があった。

「気を抜けなくて……やっと気を抜いてはなせる相手が見つかってよかった」

リラックスした服装と表情で来栖は椅子に座りなおした。

スナック菓子をつまみ、口に入れる。

人差し指をペロリと舐《な》めた。エロい。

「やっぱり怖いのか？　嫌われるのが」

「うーん……そういうのとはちょっと違うかな……」

それから来栖は自分の過去をはなしてくれた。

4

来栖美亜《くるすみあ》は、生まれたときから美人であったという。

両親ともに日本人だが、その目鼻立ちは外国人を彷彿《ほうふつ》とさせた。

幼稚園に入ったときに芸能界からスカウトがあったという。

一度、テレビＣＭに出たこともあるとのことだ。

「物心つくまえで、まったく覚えてないけどね」

小学校にあがると男子からは告白の嵐。女子からは嫉妬《しっと》の嵐だったという。

元々の性格もあり、委員会などにも参加。他校の生徒のあいだでも有名になり、教師からアプローチされたことまであったという。

「あの当時は別になんでもなかったんだよね……イジメっぽいこともあったけど、せいぜいが上履《うわば》きを隠されるくらいで」

僕からしたらそれもけっこうなイジメな気はする。

だが、来栖にとって、それは序の口だったのだ。

問題が発生したのは中学校に入学してからだった。

来栖はその美貌《びぼう》に拍車《はくしゃ》をかけ、性格も申し分なかった。

攻めるべきところがないため嫉妬に震えた女子たちは戸惑《とまど》った。

全生徒まではいかないが、ほとんどの男子が来栖にメロメロだった。

「自分で言うのもあれだけど……かなりモテた」

で、あるときだった。

付き合っていた男子にふられた女子が来栖を呼び出した。

その女子は来栖の親友だった。

「ねえ、わたしの彼、とらないでくれる？」

来栖にそんな覚えはない。

「美亜のことが好きになったから別れようって言われたんだけど」

「それは、わたしのせいじゃない」

「あんたが人の彼氏に色目を使ったからだろうが！」

このときはまだ、来栖は仮面をかぶっていなかった。

好きな相手と嫌いな相手がはっきりしていた。

親友の彼氏とは、たしかによくはなしていた。

それがいけなかった。

まったくはなさない相手がいるのに、親友の彼氏とははなしていた。

つまり彼氏に気があるのではないか。そう親友に誤解を与えてしまったのだ。

「使わないよ！　親友の彼氏に！」

「嘘をつくな！　あんたが裸を見せたんだろうが！」

それで来栖はキレてしまった。

「あんたに魅力がないだけだろうが！」

「ああああああ！」

叫ぶ親友。来栖へと殴《なぐ》りかかった。

来栖も応戦するために拳《こぶし》を構えた。

しかしそこで親友が足を滑らせ、転んだ。

不運なことに頭部から出血するほどの怪我《けが》をしてしまった。

「一カ月の自宅謹慎《きんしん》……」

どう考えても来栖に非はなかった。

しかし泣き叫ぶ来栖の親友は頭から血を流している。

軽傷ではあったが、見た目が派手だった。

しかもその親友は来栖にやられたと訴えたのだ。

「バカらしくなってさ……反論もしなかったよ……たしかにわたしは見た目がいいから、疎《うと》まれることもあるよ。だけどやってもいないことで謹慎って……しかも親友に嘘をつかれて」

それからだという。

来栖は誰に対しても平等になった。

好きにも嫌いにもならない。分け隔《へだ》てなく接する。

異性と特別な関係にならず、同性の親友もつくらない。

嫌っていそうなやつがいれば、はなしかけて仲良くなる。

「だけどそれも疲れちゃってさ……はなしたくない相手もいるし……一度、地元の高校に入学したんだけど、中学からの知り合いが多くて……イジメもあって……それで不登校」

「へえ、来栖が不登校ね」

知り合って間もないが、意外だった。

「うん。だから、転校ってことになって。ならばってことでお父さんは独立したわけ」

中途半端な時期の転校理由がわかった。

「疲れたくせに、端詰《はしづめ》高校でも同じことやってるんだ」

僕が揶揄《やゆ》するように言うと、来栖が苦笑いした。

「痛いところつくね……そうなんだよ。だからバスで奥谷《おくや》くんにズバリ言われたとき、ふっと力が抜けちゃって」

「家に誘ったわけか」

「うん……この人にならいいかなって」

しおらしく来栖がつぶやいた。

「ま、いいんじゃないか？　僕を皮切りにだんだんと本当の友達を増やせば」

「できるかな？」

「できるだろう。ちなみに僕は友達をつくるのが究極に下手《へた》だ。だから来栖と友達になれてかなりうれしい」

「……ありがとう」

笑みを浮かべる来栖。教室や部活で見せる笑顔とは違う、本当に子供らしい笑顔だった。

「さて、僕は帰るかな」

話は終わりだろう。これ以上、お邪魔している理由も見当たらない。

しかし立ちあがろうとすると、腕を来栖に握られた。

「待って」

「ん？」

来栖の細い指が僕の腕を握っている。しっとりとした指の一本一本を感じられる。

「このことは誰にも言わないでね？」

「ああ……言わないよ」

そんな発想すらなかった。

「本当？」

「なんだよ、友達を疑うのか？」

冗談のつもりだったが、来栖が申し訳なさそうに目を伏せた。

「ごめん……でも……まだ、信じられるまでには……」

親友に裏切られた過去があるのだ。

それもしかたがない。信じたい気持ちもあるのだろう。

だが、まだそれができないのだ。

「わかった……なら、どうすればいい？」

その質問に、すこし考えたあと来栖が言った。

「奥谷くんの秘密も教えてくれない？」

なるほど。お互いの秘密を知ることで、片方から漏《も》れるのを防ぐわけか。

「秘密な……」

自分に秘密なんてあるだろうか。

人に言えないような秘密でなければ、ここでは意味をなさない。

「ないの？　それともあるのに、わたしには言えない？」

不安そうに来栖が僕を見る。腕を握る手に力がこめられた。

「まあ……なくはないが……」

「なに？」

「いや……でも、これを来栖に言うのは、ダメな気がする」

「いいよ！　どんな秘密でもいいから！」

「じゃ、じゃあ……僕さ……」

そこで僕は息を吸った。ひゅう。と、喉《のど》が鳴った。

「チンコが引くほどデカいんだ……」

5

恐ろしいほどの沈黙。

僕の腕を握ったまま来栖《くるす》はうごかない。

半開きにした口をとじることもなく、じっと僕を見ている。

「え、えと……」

しばらくして来栖がゆっくりと、僕の腕から手を離した。

「やっぱ、言わなきゃよかった……」

僕は両手で顔面を覆《おお》った。

来栖が戸惑《とまど》いまくった声を出す。

「あ、え？　その……ああ……そ、そうなんだ……はは」

乾いた笑いにいたたまれなくなり、僕は走って玄関へとむかった。

「奥谷《おくたに》くん！」

来栖が僕を呼ぶ声が背中に飛んでくる。無視して、僕は玄関を飛び出した。

その後、どうやって駐輪場に行ったかは覚えていない。

気付いたときには、今までにない速度で自転車をぶっ飛ばしていた。

僕のチンコはかなりデカい。

それは親が心配するほどにデカい。

生まれたときから巨大で、小学校にあがるときには成人男性とかわらない大きさだった。

心配になった親が病院に連れていったが、問題なし。

ただ、チンコがデカいだけ。

小学生のときに友達に見られ、「気持ち悪い」と言われた。

そして「デカチン」というあだ名を賜《たまわ》った。

それからは誰にも見せなくなった。

中学生になるとさらに大きく成長した。

合宿がある運動部には入れず、当然ながら修学旅行にも行かなかった。

あの来栖の顔だ。

呆然《ぼうぜん》と僕を見るあの顔。

あまりのことに嫌悪することも忘れてしまったに違いない。

「ぬあああああぁぁぁぁぁぁぁぁ！」

住宅街を抜け、両側が田んぼとなった。

叫びながら自転車をこぐ。ほとんど前を見ることなく、上をむいていた。
だから気付かなかった。
車輪が小石を踏んだらしい。がたん。と、跳ねた感じがあった。
かと思うと僕の体は宙を舞っていった。
時間がゆっくりに感じた。
夕陽が沈んでいく空と遠くに見える高速道路。
平和すぎる景色を逆さまに眺めた。
そして田んぼの中へとダイブ。
右肘《ひじ》と左頬に痛みが走る。たぶん擦《す》り傷になった。
腰もすこし痛い。なによりも田んぼにはまったことで、泥だらけになってしまった。
明日学校が休みでよかった。制服がひどいありさまだ。
仰向けに転がっていた。空には綿雲が浮かんでいる。
「終わった……」
来栖は僕のデカチンを言いふらすようなやつじゃない。
わかっている。だが、月曜日から来栖が僕を見る目を想像すると怖い。
別に好きとかそういうのじゃない。それでもいい友達になれると思ったのだ。
とんだ失態だ。

もっと別の秘密もあったんじゃないか。

いまになって冷静になれば、いくつも思いついた。

例えば、僕はこの年齢になっても夜に怖くてトイレに行けないことがある。

例えば、隣に住む犬のリードをはずして二週間行方《ゆくえ》不明にしたことがある。

例えば、おじいちゃんの財布から二千円を抜きとって漫画本を買ったことがある。

どれも他愛《たわい》もない秘密だ。しかしそれで充分だったような気がする。

どうして最も大きなコンプレックスであるデカチンのことを言ってしまったのだろうか。

「ねえ、あんた、大丈夫?」

誰かが道のほうから声をかけてきた。

顔だけをあげてそちらを見ると、白のワンピースという珍しい制服を着た女子高生が立っていた。

「なんだよ、美琴《みこと》かよ」

「なんだよってなによ?」

僕は田んぼから立ちあがると、制服についた泥を払った。

気休めにもならないほどにしか泥は落ちなかった。

「なんでもない」

「なんでもないのに、田んぼで泳ごうとしたの?」

安藤美琴は僕の家から何軒か隣の家に住んでいる。

小学校中学校と一緒だったが、高校で美琴は電車で一時間ほどのところにある女子高へと進学した。

「美琴はいま帰りか」

「そうだけど……」

自転車を脇に美琴は立っていた。

短い髪は少年のようだ。身長も低く、胸はちいさい。

お嬢様学校と言われるアグラ女子学院に通っているようには見えない。

もしも制服を着てなかったら部活帰りの中学生だ。しかも男子。

「転んだの?」

「見りゃわかるだろう」

「な、なによ? 心配してやってんのに、このデカチンが!」

「それは、いまは言うな――――!」

叫びながら僕は美琴へと突進した。

「やめて! その格好でちかづかないで――――!」

自転車を放り、美琴が逃げる。しかし僕は容赦《ようしゃ》なく美琴を追いかけて捕まえた。

「ぎゃぁ! やめろ! 制服が! 制服が汚れる!」

白のワンピースだ。

黒の学ランである僕とは比べものにならないほど汚れが目立つ。

細い美琴の腰を両手でホールドして、ぐりぐりと体を押しつける。

半泣きで美琴が足をばたつかせ、手をぶんぶんふりまわす。

泣きたいのは僕のほうだ。

「わかった！　謝るから！　お願い！　放して――――！」

その後、冷静になった僕は美琴を解放した。

クリーニング代を僕が払うことで許してもらった。


「高校生にもなって、あんたって馬鹿でしょ！」

次の日に美琴の家に行くと、美琴の母である琴絵《ことえ》さんが開口一番にそう告げた。

「どうかしてたんだよ、うっさいな」

琴絵さんが大笑いしながら娘を呼びに行った。

ぶすっとした美琴が手に袋を持ってやってきた。中には泥だらけになった制服が入っているのだろう。

「ほんと、悪かったな」

「もういいから、さっさと行こう」

「あ、いいよ、渡してくれれば僕だけで行くから」

「あんたさ、女子が自分の制服を男子にあずけると思う?」

「別にいいだろう」

「イヤよ!　ほら、一緒に行くから!」

玄関を出てさっさと美琴は自転車に乗ってしまった。

僕は慌《あわ》てて自分の自転車に乗り、幼馴染《おさななじ》みの背中を追いかけた。

6

クリーニング屋に美琴《みこと》の制服をあずけた帰り道だった。

自転車をこぐ美琴が尋《たず》ねてきた。

「それで？　なにがあったのよ」

「え？」

「自転車で転んで、田んぼに落ちて、わたしに抱きつくって……なにかあったんでしょ？」

「ああ……」

鋭い女だ。

美琴は上下ジャージ姿であった。臙脂《えんじ》色でかなり野暮《やぼ》ったい。

ほんとうにお嬢様学校の生徒には見えない。

短い髪も寝ぐせで、うしろのほうが跳ねていた。

「見られたの？」

幼馴染みでもある美琴は僕のデカチンを知っている。

直接に見られたわけではないが、それが原因で僕が修学旅行に行かなかったこともわかっているのだ。

「いや、見られてない……」

「じゃあなによ？」

「自分で言った。僕のチンコは引くほどデカいって……」

「はあ？」

ブレーキをかけ、美琴が自転車を止めた。

昨日転んだところからほどちかい田んぼ道。

僕も自転車を止めて美琴を見た。

「だから悩んでるんだよ……どうして言ったんだろうって」

「そもそも、それを言う状況ってなに？」

「それは……言えない」

理由をはなせば、来栖《くるす》の秘密も言うことになる。

いくら美琴だとしてもそれはできなかった。

のっぴきならない理由だと察したらしい美琴が首をすくめた。

「女？　男？」

「はい？」

「女に言ったの？　それとも男に言ったの？」

どうしてそんなことをきく必要があるのだろう。

「女、だけど」

「あんた、最低。女に自分はデカ――」

「それ以上は言うな！」

大きく溜息をつくと、美琴が言った。

「……ま、なら平気じゃない？」

「なんで？」

「だって見られたわけじゃないんでしょ？　冗談だった。とか言えばいいじゃん……相手が女なら実際に見せろって言うとは思えないし」

「なるほど……」

目から鱗《うろこ》だった。その手があったではないか。

冗談だったナリ、てへぺろ。と、言えばいいのだ。

ひどく下品な冗談ではあるが、デカチンなんだと思われるよりはマシだ。

そのあとすぐ来栖にはあたりさわりのない別の秘密を暴露すればいい。

「いい考えだな！」

気持ちが晴れた思いだった。

呆《あき》れたように美琴が口を歪《ゆが》め、そしてつぶやいた。

「相手、どんな女よ……」

美琴の家につくと、琴絵《ことえ》さんにあがれと言われた。

「いいよ、帰るよ」

「帰っても誰もいないぞ?」

「なんで?」

「みんなで銭湯に行くって言ってた」

「ひでぇ、おいていきやがった……」

美琴の母である琴絵さんと僕の母親は仲がいい。

僕の母親は若いころよりかなり太ってしまったらしいが、琴絵さんは細かった。

たしか年齢は三十四のはず。

金髪に染めた髪は根元の方が黒くなりはじめていた。

煙草《たばこ》とお酒をこよなく愛する女《ひと》で、いつもどこか気怠《けだる》そうだ。

だからといって退廃的な生活を送っているわけではない。

なかなかに名が売れた写真家でもあった。

「昼飯、うちで食ってけよ」

「メニューによる」

そんな憎まれ口を叩きながらも僕は美琴の家へとお邪魔した。

勝手知ったる平屋だ。

古民家という表現が正しいかわからないが、そんな感じの家だ。

材木がむき出しになった屋根と、木目が目立つ太い柱。壁には琴絵さんが撮った写真がずらりと並ぶ。棚には美琴父のコレクションであるアンティークなモノがところ狭しと置かれていた。

ちなみに美琴父はフィリピンへ単身赴任している。仕事は不明。

「メニューはみんな大好き、カレーです！」

琴絵さんの言葉に、僕はイヤな顔をした。

「昨日の夜もカレーだったんだけど」

「嘘を言わない。あんたの家は、昨日の夜はうどんだったでしょ」

「気持ち悪いな、なんでそんなことまで知ってんだよ」

ほんとうに僕の母親と仲がいい。

テーブルにつくと、美琴がカレーを運んできた。

テレビをつけて二人して黙ってカレーを食べた。

沈黙が苦にならない関係というのはなかなかにありがたい。

「おい、お二人さん！　あたしは現像する写真がたくさんあるから、いなくなるぞ」

「へーい」

「静かに頼むぞ」

この家の庭には、琴絵さんが作業するための小屋がある。そこで写真の現像をするのだ。デジタルの写真が当たり前になった昨今にあって、アナログにこだわっているのだ。

「お皿はあんたが、洗ってよ」

食べ終わると美琴が床に転がりながらつぶやいた。

「食べてすぐに寝ると、牛になるぞ?」

「へえ、ちょっと興味あるからこのまま寝てるわ」

可愛くないやつめ。

僕は美琴の皿と自分の皿を持って、キッチンへとむかった。

洗い物を済ませて、僕も美琴の横に転がる。

二人してボーとしたままテレビを見ていた。

「ねえ」

「ん?」

美琴がはなしかけてくる。

「本当にさ、デカいの?」

「なにが?」

「チンコ」

「なぜだ！　なぜその話になるんだ⁉　せっかく忘れかけてたのに！」

叫んでいた。

「あんまり大きな声出さないでよ、ママ、怒るから」

そうだった。作業をしているときの琴絵さんはかなり神経質だ。

美琴と騒がしくて怒られたことが何度かあった。

「だって、あんたって昔から気にしてるけどさ。ほんとにそんなにデカいわけ？」

「うっさいな……いいんだよ、知らなくて」

「ちょっとさ」

そこで言葉を切り、美琴が体を起こした。そして横になる僕を見おろしながら言った。

「見してよ」

7

ナニイッテンダコイツハ。

僕はそんな目で美琴《みこと》を見あげていた。

ジャージ姿の美琴はすこし頬を赤らめてもう一度言った。

「早く、見して」

「イヤだ」

即答した。

「なんでよ?」

「てか、女なら見せろって言わないんだろう?　さっきおまえが言ったんだぞ?」

「そうだっけ?」

とぼけやがって。僕は顔をテレビにむけ美琴を無視することにした。

「えいっ!」

そんな声がきこえたかと思うと、美琴が僕のズボンをおろそうとしていた。

「まてまて！　バカ！　やめろって！」

「静かにして！　ママに怒られる！」

くそ。どうなってやがる。

今日の僕はスウェットのズボンに長袖《ながそで》のシャツという格好だ。

チンコがデカいため、あまりきつめのズボンははけない。

簡単にズボンなんておろされてしまう。

足をあげ、美琴からの攻撃を防御した。

「なんでよ、いいじゃん！」

「よくねぇよ！　絶対、気持ち悪いって言うだろうが！」

「言わないよ！」

「そもそもおまえに見せる義理がない！」

そのときだった。大きな足音がしてリビングの扉が開かれた。

「うっさいわ！　集中できないだろうが！」

琴絵《ことえ》さんである。ボサボサの髪とつりあがった目。まさに鬼の形相《ぎょうそう》。

僕は寝っ転がったまま美琴の腰を足でホールドしていた。

美琴は僕のズボンの裾《すそ》を握り、どうにか脱がそうとしている。

「……あんたたち、なにやってんの？」

さすがに目の前の状況に琴絵さんも怒りを失う。

僕は何度か口をぱくぱくさせると、咄嗟《とっさ》に嘘をついた。

「プロレスごっこ？」

なぜか疑問形。

「………」

沈黙を挟むと、ふたたび琴絵さんは鬼の形相となった。

「あんたたち昨日もそうだけど、小学生みたいなことばっかりして！　いいから静かにしてよね！」

言い放つと足音を立てて去っていった。

「………」

僕は美琴を解放すると立ちあがった。

「帰る」

リビングの扉をあけ、玄関へとむかう。

「なんで、ついてくるんだよ？」

うしろをふりむき、美琴を睨《にら》んだ。

美琴が、ない胸を張った。

「あんたの家に行くわ」

「はあ？」

「とっくみ合いでもなんでもして、無理やりでも見てやる！」

怒鳴ろうとして、ぐっとこらえた。琴絵さんの頭に角が生えかねない。

靴を履《は》く。玄関を出て、走った。

自転車はあとでとりに来ればいい。

ふりかえるな。あの馬鹿が追ってくる。

自分の家につき、扉をあけようとした。

が、鍵《かぎ》がかかっている。そうだ。家族は銭湯に行っていて不在だ。

裏口にまわった。裏口はいつでも鍵があいている。

しかし裏口の前には美琴が立っていた。

鍵がかかっていることを予想して先まわりしていたらしい。

「いいじゃん……見せてよ」

まだ言うか。

「イヤだ。てか、いいじゃんってなんだよ」

「あんたの思い過ごしかもしれないよ？　子供のときはたしかに人よりも大きかったかもしれないけど」

美琴はそこで目を伏せた。

「いまの年齢だったら、そうでもないんじゃない？」

「え？　はあ？」

「だからさ！」

と、美琴が顔をあげ、僕と目を合わせた。

少年のような髪型と顔立ち。

しかし美人であることは間違いがない。

日が沈むまでにはまだ時間がある。

斜めになりはじめた陽光をあび、美少年、いや美少女が僕をじっと見つめていた。

こいつってこんなに可愛かったけ？

そんな、ラブコメ主人公が幼馴染《おさななじ》みに抱くテンプレートな感情に僕自身が一番戸惑《とまど》う。

「だからわたしが見てあげる。それで別に普通じゃんって言ってあげるから……そうすれば、そのコンプレックスもなくなるんじゃない？」

言っていることは一理ある。だが僕のチンコは普通にデカい。

平均と比べて遥《はる》かにデカいのだ。

ギリシア神話のプリアーポスもビックリだ。

それにそもそも美琴が言っていることには疑問がある。

「おまえさ、もしも僕のを見て……なんで、そのチンコが普通かわかるの？」

「え？」

「だって……他のやつのを見たことがないと……」

「そ、それは」

と、言い淀《よど》むと美琴が答えた。

「あ、あるよ！　もちろんあるよ！」

「そうか……高校二年生だもんな」

「そ、そうよ！　高校二年生だもん！　男の一人や二人、知ってるわよ！」

もうその態度でわかりますよ。

美琴は処女で、当然男のチンコを見たことはないのだ。

ならばさらに見せるわけにはいかない。

「いいから、見せなさいよ！」

どうしてそんな意地になっているかわからない。

僕は逃げるように裏口から家の中へと入った。

すぐに美琴も入ってきて、僕を追いかける。

二階へとあがり、自分の部屋へと飛びこんだ。扉をしめ、すばやく鍵をかけた。

「ちょっと！　あけなさいよ！　あけろ！」

扉を叩いて美琴が叫んでくる。ガタガタとドアノブを揺する。

「壊れるから！　やめろ、壊れるから！」

うちは古い。そしてボロい。乱暴に扱われたら扉が壊れてしまう。

「わかった！　わかったから！　一回、落ち着け！」

「いいから鍵をあけろ！　デカチン見せろ！　わたしに一番初めに見せろ！」

ん？　順番待ちしている人はいませんが。

「やめろやめろ！　見せるわけないだろう！　意味わからないこと言いやがって！」

「意味わかるもん！」

わからない。

「な、ならこうしよう！　僕が自分のコンプレックスを見せるんだから、おまえも見せろ！

そうだ！　そうしろ！」

これで黙るだろう。

「いいよ！　見せてやろうじゃない！」

意外にも強気だ。ならもうひと押しする必要がある。

「ほんとうだな!?　おまえが気にしてる、そのペチャパイを見せろ！」

「ぺ、ぺぺぺぺチャパイ言うな――――！」

美琴は自分の胸がちいさいことを気にしている。明言したわけではないが、態度でわかる。

さらにドアノブをガタガタと揺する美琴。

「ほら、見せられないだろう？　なら僕のチンコだって」

「ああ！　もう！　わ、わかったわよ！　見せればいいんでしょ！　別にわたしは気にしてないから！　見せてやるわよ！」

「え、ほんとう……？」

僕は鍵をはずし、扉をあけていた。

息を切らした美琴が僕を睨《にら》んでいた。

「だ、だから……はぁ……あんたも……はぁ、チンコ、見せなさいよ」

8

うちは二階建てだ。広さはあるがかなり古い。そしてボロい。
母親とその両親と一緒に住んでいる。
つまり僕からしたら母親とおじいちゃんとおばあちゃんと一緒に住んでいるのだ。
廊下を歩けばギイギイと鳴り、扉をあければギギーと鳴る。
冬は寒くて夏は暑かった。
そんな家にあり、僕の部屋はまだ快適なほうだ。
二階の東南角部屋。日光もよく入る。
受験勉強をするにあたり、二年前におじいちゃんが部屋を交換してくれたのだ。
と、いうよりもおじいちゃんは階段の上り下りが年齢的にきつくなっていた。
そのため一階の部屋へとうつったのだった。
「で……どっちから見せるのよ？」
興奮がおさまりきっていない様子の美琴《みこと》が尋《たず》ねてくる。

現在、僕の部屋で僕と美琴は正面から対峙《たいじ》していた。

その距離は一メートルほど。

肩で息をしながら美琴が血走った目をむけている。

短い髪がすこし乱れていた。

「そ、そりゃ……おまえからだろ」

「なんでよ？」

「おまえが見たがってるんだ……別に僕は見せたいわけじゃないから」

正論に美琴が口を閉じた。しばらく考えた末にやっと言葉を発する。

「幸明《こうめい》は、わたしの見たくないの……？」

「はい？」

論点がズレた。

美琴のほうが僕のチンコを見たいと言い出した。

それならば。と、僕は美琴に胸を見せろと言った。

等価交換だ。いちおう。

それが急に美琴の胸を俺が見たいかどうかという話になってしまった。

そりゃ見られるものなら見たい。だが、ここで見たいと言えば、立場が対等になってしまう。

対等になれば当然に僕が先にチンコを見せなくてはいけない状況も生まれる。

つまり見せるだけ見せて、美琴に逃げられる可能性があった。

「べ、別に……見たくねぇよ、そんなペチャパイ」

「だからペチャパイって言うな」

美琴に先ほどまでの覇気はなかった。

「……やっぱり気にしてんだろ?」

「まったくではないわよ……」

顔をそむけ、美琴が唇を尖《とが》らせる。

「大きければいいなとは思う……」

「気にする必要ないだろう」

「え?」

正直な気持ちだった。

「女の価値は胸の大きさで決まるわけじゃないからな」

「ねえ、それってあんたにも言えることでしょ?」

「まあ……チンコのデカさで男の価値は決まらないよな」

「そうよ。それにあんたの場合は大きいんだから」

わかってはいるのだ。しかし簡単に割り切れるものでもない。

胸の場合はちいさくても「かわいい」で済む。

だがチンコの場合、しかもデカすぎる場合は「きもちわるい」になってしまうのだ。

チンコの大きさで男の価値は決まらないかもしれないが、その男への心象はかわってしまう。

「それに僕は、胸はデカければいいとは思ってない」

「どういうこと？」

「その人に合っているかどうかが問題だな」

美琴が潤《うる》んだ目で僕を見ていた。

なんだよ。急にしおらしくなりやがって。ドキドキしてしまうじゃないか。

「な、なら……わたしの場合は……ちいさくても、いい？」

「いいと思うぞ」

美琴の胸はちいさい。だが美琴の少年らしい雰囲気と合っているとは思う。

「なら……見たい？」

もう一度、尋ねてきた。

論点はズレたままだ。だがここまできたらしかたない。

正直に言うしかないだろう。

「見たいよ、あたりまえだ」

「なら……見て」

つぶやくと美琴がゆっくりとジャージのファスナーをさげた。

中には白いTシャツを着ていた。うっすらと下着が透けている。

まだ夏は遠い。だが、湿った二人の呼吸が部屋を暑くしていく。

艶《なま》めかしいドロドロとした液体のようなものが、首元を這《は》っているような感覚に陥《おちい》る。

下半身の血液が増量しているのはもちろん、いまは全身の血液が増えているようだった。

「ねえ……そんなに見ないで……」

「どっちなんだよ？」

僕は目線を横へとずらした。

ファスナーを完全にさげ終えたであろう美琴が息の塊《かたまり》を吐き出す。

「わかんないよ、そんなの」

「男の一人や二人は知ってるんだろ？」

「そ、そうだけど……」

自分でついた嘘が自分の首を絞める。

そのことに美琴はいまになって気付いたようだった。

僕は目線を美琴にもどした。悔しそうに下唇を噛んでいる。

じっ。と、僕を見ると美琴が小首をかしげた。

「……やっぱり見る？」

「やめてもいいぞ？　そのときは、おまえの負けだ」

どんな勝負だよ。と、つっこまれればおしまいだ。

だが負けず嫌いの美琴には効果覿面《てきめん》だった。

「み、見せるわよ！」

意を決したのか、Tシャツの裾《すそ》を両手で握る美琴。

そしてゆっくりとそれをめくりあげていった。

まず見えたのは、美琴のショーツだ。ジャージからはみ出たウエスト部分がわずかに見える。

グレーのスポーツ系のショーツのようだ。

それだけで僕の興奮は異様なものだった。

次に見えてきたのはひきしまった美琴の腰。そして見事なくびれ。かわいらしいヘソの順でお披露目《ひろめ》される。

白い滑らかな肌が、窓から入る陽光に反射していた。染《し》みひとつない完璧なまでの腰だ。

女の子なんだな。いまさらながらに思った。

そしてとうとう美琴の胸部があらわになった。

白いブラジャーに覆《おお》われてはいたが、それはあまりにも淫靡《いんび》な光景であった。

「どう？」

「どうって……ブラジャーもはずさないと」

「変態……」

自分で言い出したことのくせに美琴は唇を尖らせた。

ジャージの前をあけ、Tシャツをめくりあげた美琴。

その姿はエロい。ただその一言に尽きた。

ありがとう神様。

手をうしろにまわし、美琴がブラジャーのホックをはずした。

どこか憂《うれ》いすら帯びた女の目を美琴はしていた。

背徳的な気持ちにさせられる。

目の前でブラジャーをはずしたのは小学校のときから知っている幼馴染《おさななじ》み。

同性同士のように遊び、そして育った。

お互いの性を意識するような年齢になっても僕たちの関係が疎遠《そえん》になることはなかった。

それはひとつに美琴が女らしくないという理由がある。

だが、それも今日で改めなくてはいけなかった。

美琴の真っ赤な頬からは湯気がでるのではないか。

そう思えるほどに火照《ほて》りが伝わってきた。

「じゃあ……めくるよ?」

美琴が上目遣《うわめづか》いでこちらを見る。

ホックをはずしたブラジャーをTシャツと一緒に美琴がめくりあげた。

9

ちいさい。
美琴《みこと》の胸は予想に違《たが》わずにちいさかった。
エロ本やAVで見る玄人《くろうと》の胸とは異なる少女の胸をしていた。
しかし男のものとはやはり違う。
どんなに見た目が少年であっても、その体は女のものなのだ。
ふくらみがあった。
てのひらにおさまってしまうほどの大きさではある。
しかし決してたいらではない。細い美琴の体にあって、その双丘《そうきゅう》はたしかに存在した。
「な、なによ……やっぱり、変?」
Tシャツとブラジャーをめくりあげたまま美琴が尋《たず》ねてきた。
僕は首を横にふった。
「変なわけあるか……すごくきれいだ」

正直な感想だった。

美琴の顔がわずかに華やいだ。

「ほ、ほんとうに？」

「あ、ああ……ほんとうだ」

嘘を言えるほど冷静な状態ではない。

頭の芯《しん》がじんわりと痺《しび》れていた。股間《こかん》に血液が集まっている。

目の前の光景を網膜に焼きつけようと自然とまぶたが限界まで開く。

鼻の下が伸びるとはよく言ったものだが、そのとおりだった。目や股間とは異なり、顔の下半分の筋肉は弛緩《しかん》してしまうのだ。

荒くなっていく呼吸をおさえられず、肺が空気を必要としていた。

美琴の胸の先。

とうぜんに乳首があった。

乳首は桃色のちいさな乳輪に囲まれ、すこし赤っぽかった。

ツンと尖《とが》り、赤ん坊が吸う準備がすでに整っている。

生々しい光景ではあるが、どこか幻想的。

リアルとファンタジーの狭間《はざま》に美琴の胸は存在しているかのようだ。

「ねえ、そろそろいい？」

羞恥心《しゅうちしん》が限界に達したらしい。
美琴はめくったTシャツの裾《すそ》に顔をうずめ、潤《うる》んだ目を僕にむけた。
「あ、ああ……ありがとう」
どうしてだかお礼を告げていた。
すばやく美琴がTシャツをもどし、ブラジャーのホックをしめた。
ジャージの前もしっかりとしめた。
だが、僕は忘れない。
美琴は女だ。
美琴は女だ。
大事なことなので二回、しっかりと思う。
あのふくらみは男のものではない。
ただの幼馴染《おさななじ》みだと思っていた美琴。
それがいまや完全に異性として意識する存在になっていた。
「な、なによ?」
怒ったように美琴が僕を睨《にら》む。
「次はあんたの番だからね?」
逃げたいという気持ちがほんとうのところだ。

美琴にチンコを見せたくなかった。

ましてやあんなにもきれいな胸を見せられてしまったあとだ。

このグロテスクなものを見せるのは憚《はばか》られる。

しかしここで逃げれば男が廃《すた》る。

「ああ……」

と、返事をすると僕はスウェットのズボンに手をかけた。

そしてゆっくりと脱いでいく。

勃起《ぼっき》はしていない。しそうになったがそこは気合いでおさえこんだ。

僕のチンコは勃起すれば、それこそヤバい。

どんなに緩《ゆる》いズボンをはいていても誤魔化せなくなってしまう。

「え……」

もう美琴は気付いていた。

スウェットのズボンを脱いだだけ。だが、それだけで僕のチンコの凶暴さに目を見張っている。

緩いトランクスの下に隠れた僕の息子は、しかしその輪郭《りんかく》をしっかりと布越しから主張していた。

「嘘でしょ……？」

「いや、嘘じゃない」

僕はトランクスに手をかけた。

そして勢いをつけて一気に引きおろす。

次にくるのは悲鳴か、それとも嫌悪の沈黙か。

「すごっ……」

美琴の口から思わずといった感じで感想が漏《も》れた。

目を開き、僕のチンコを見て硬直している。

「ほ、ほんとうに大きいね」

その目に嫌悪感はなかった。物珍しいものを見るような目である。

僕のチンコは芯のない状態で下をむいていた。長さは勃起していないのに十五センチはある。

太さは直径でやく四センチ。

亀頭部分はグロテスクに露出《ろしゅつ》していた。

幹に這《は》う血管は太く、そして脈動している。

「ねえ……これって、普通はこんなに大きくないよね？」

男を知っている設定を忘れた美琴が尋ねてくる。

「デカくはないな……医者は病気でもなんでもないっていうけど」

「ふうん」

美琴はうなずくと、また肉棒へと目線をうつした。

下唇を噛みながらじっと見つめている。

「やっぱり……気持ち悪いだろう？」

「え？」

と、美琴が顔をあげる。顰《ひそ》めた眉をわずかによせた。

「うーん……たしかにデカいし、びっくりするけど、気持ち悪くはない」

「でも、小学生のときに……」

「ああ……たしかにこの大きさで小学生っていうのはミスマッチで、ちょっとあれだね」

僕が「デカチン」のあだ名を頂戴《ちょうだい》したのは小学生のときだ。

そのときに友達に見られて、気持ち悪がられた。

同性の友達だったが、そのときにそいつが見せた表情がいまも忘れられない。

「だけど高校生だし……変な感じはしないよ。大きいだけって感じ」

「ほ、ほんとうか？」

これは予想外なことだった。

一歩、美琴にちかづいてしまった。

「ちょ、よるな！　気持ち悪くはないけど、早くしまってほしいかな」

「なんだよ！　自分で見せろって言ったくせに！」

急に恥ずかしくなり僕はそそくさとトランクスをはいた。

美琴も同じだろう。

チンコを見るという目的を果たしてしまい急に羞恥心が襲ってきたらしい。

美琴は大きく息を吸うと真っ赤な顔を両手で叩いた。

「よしっ」

なにがよしなのだろうか。

僕はズボンをはこうとしたところでふと手を止めた。

「あ、ダメだ……」

「なによ？　もっと見せたいってわけ？」

顎《あご》を突き出し、上から目線で僕を睨む美琴。いくぶんいつもの調子をとりもどしつつあった。

「そ、そうだな……」

僕はトランクスをふたたび脱いだ。

「な、なにしてんのよ？　もういいから！　見たから！　ありがとうございます！」

顔を真っ赤にして美琴が慌《あわ》てふためく。

だが、僕には大事なことがあった。

「おまえが気持ち悪くないと言ったのは、通常時のときだ」

「え？　なに？」

「これから僕は女の子とエロいこともするかもしれない。いや、したい！　する！」

「はあ？」

「そのときこのチンコが勃起したらと思うと、自信が持てない」

「なに言ってんのよ！　早くパンツはけって！」

「頼むよ！　美琴にしか頼めないんだから……僕のチンコが勃起したところ見てくれ！　それで気持ち悪いかどうか教えてくれ！」

「ちかづくな――――！」

勢いで美琴へと接近すると、顔面にグーパンチをくらった。

全力のパンチであった。一瞬だけ意識が遠のく。

「バカじゃんバカじゃん、死ね――――！」

叫びながら美琴が僕の部屋から飛び出していった。

僕はトランクスを脱いだまま、その場で両膝《ひざ》をついた。

そしてすこしだけ泣いた。

10

次の日。つまり日曜日。
クリーニング屋へと美琴《みこと》の制服を受けとりに行った。
しかすでに美琴の制服は本人によって回収されていた。
あれから電話とメール、直接に家まで行ったのだがすべて無視された。
「なにやってんの？　高校生にもなって喧嘩？」
直接、家へと訪ねたとき呆《あき》れながら琴絵《ことえ》さんが対応してくれた。
勢いあまったとはいえ、あれは僕が悪かったのだ。
ちゃんと謝罪をしたかったのだが、いまはそっとしておこう。
で、さらに次の日。つまり月曜日。
これから一週間、また学校へ行くことになる。
僕のチンコはたしかにデカい。デカチンだ。
だが、美琴が言うには変というわけでもないらしい。

気持ち悪いわけでもないとのことで一安心。
処女が言うことだからあてにはならないが、それでも希望はあった。
しかし問題はなにも解決していない。
来栖美亜《くるすみあ》のことだ。
金曜日の放課後、僕は来栖に自分の秘密を暴露した。
引くほどチンコがデカいと言ってしまった。
美琴に変じゃないと言われたところで、来栖へ暴露したという事実は消えない。
やはり冗談だったと告げ、許してもらうしかないだろう。
教室に入るとすでに来栖はいた。
来栖のまわりには女子も男子も大勢の生徒が集まっている。
他のクラスからも来ているらしく、僕のことに気付く様子はない。
ほんと人気者だ。
授業中に目が合うことはなかった。
まあ、それはいつものことだ。
気にすることでもない。
話をしないのもいつものこと。
放課後、部室に行くと来栖はいなかった。

僕より先に教室を出たのを見たから、てっきりもういると思っていた。
部長の川内《かわうち》に尋《たず》ねてみると、ひどく悲しそうな顔で首をふった。
「……体調不良で休むってさ」
絶望するほどのことでもないだろう。
しかし来栖がいない文化人類学研究部はひどく沈んでいた。
来栖は体調不良には見えなかった。いつもどおりに明るく元気で健康的であった。
部活を休んだ理由は僕にあるに違いない。
「僕もちょっと……」
理由も言わず、僕も部活を休むことにした。
他の部員はまったく気にするそぶりも見せなかった。
早いほうがいい。
このまま日にちが経《た》てばどんどん来栖の中で僕のチンコは肥大化してしまう。
そうなればせっかく友達になれたのに関係は破綻《はたん》するだろう。
杞憂《きゆう》かもしれないが、なにもしないよりはいい。
バスに乗り駅へ。電車に飛び乗る。
三倉《みくら》駅でおり、来栖が住むタワーマンションへとむかった。
勢いだけで来てしまった。だが引きかえすわけにもいかない。

オートロックの前でうろ覚えだった部屋番号を押す。

しばらくして声がした。来栖母のものだった。

「はい……」

「ああ、突然にすみません。先日お邪魔した奥谷《おくたに》です。美亜さんはご在宅ですか」

「あらこんにちは。ちょっと、待ってね」

一分もしないで来栖母の声がかえってきた。

「そこで待っててほしいって、下におりるみたい」

「わかりました」

待つあいだの時間を長く感じた。

このまま走って逃げてしまいたい衝動にかられる。

でも、それではダメだ。ちゃんと冗談だったと伝えなくてはいけない。

実際には時間にして五分も経っていなかっただろう。

「ごめん、お待たせ」

軽く手をあげて来栖がやってきた。

制服のままだ。学校ではおろしていた髪をいまはふたつに結んでいる。

それがいつもより来栖を幼く見せてドキドキした。

「お、おう……大丈夫か？　体調不良だって？」

「まあ……」

嘘をついた罪悪感からだろう。来栖は曖昧《あいまい》な態度だ。

「心配になって、来てくれたの?」

来栖が尋ねる。

僕は首をふった。

「いや……一昨日《おととい》のことで……」

「うん」

わかっていたのだ。うなずくと、来栖が歩き出した。

「ちょっと歩いたところに神社があるじゃない? そこ行こう」

その神社は僕も知っていた。

駅から歩いて五分ほどの場所にある神社。雑木林《ぞうきばやし》に囲まれた、ひどく廃《すた》れた神社だ。

先を歩いていく来栖に僕は声をかけた。

「来栖……あれは冗談だったんだよ」

返事はない。怒っているのか、それとも幻滅したのか。

「なあ……なんか言ってくれよ」

結局、来栖が口を開いたのは神社についてからだった。

社殿の裏。

雑木林とのあいだで、砂利《じゃり》が敷かれた薄暗い場所。

夜になるとカップルが逢《あ》い引きに使うような人目から隔絶された場所であった。

遠くで下校している小学生の甲高《かんだか》い声がきこえてくる。

「見せて」

「はい？」

「だから……奥谷くんの、その……」

この展開は予想外すぎる。

美琴は言っていた。女子なら見せてと言わないから安心しろ、と。

だが、来栖はたしかに言った。

「奥谷くんの……チンチン……見せて」

「あ、あ……」

恐れていた事態となった。

数日のあいだに二人の女子からチンコを見せるよう要求されている。

異様なことだ。

「わたし、あれからずっと考えてたの……」

来栖の顔は真っ赤だ。目が潤《うる》んで瞳は焦点《しょうてん》が定まっていない。

「奥谷くんは秘密を教えてくれたのに、わたしひどい態度をとったなって」

「あ、そ、それは……気にしなくていい。あれは冗談だったんだ」

ちゃんと伝えなくてはダメだ。

来栖が首をふった。

「違う！　奥谷くんは咄嗟《とっさ》にあんな嘘をつけるような人じゃないでしょ？」

僕のなにを知っているのだろう。

しかし来栖の目は真剣だ。

「それに嘘はつかないでほしい……私は奥谷くんとは本当の友達になりたい。なったと思ってる。だから、嘘はつかないでほしい」

「……わかった」

そこまで言われてしまえば抗《あらが》えない。

このあとどうなろうと僕は後悔しないだろう。

「あれは、冗談じゃない……」

訂正した。

来栖に嘘は言わない。

いまそう決めた。

「たしかに僕のチンコは引くほどデカい……」

「そう……」

やっと笑顔を見せた来栖。しかしその笑顔は引きつってもいる。

「お、奥谷くん……見せてくれない？」

緊張が伝わってくる。

「どうして見たいんだ？」

その質問に、しめっぽい声で来栖が答えた。

「奥谷くんの言葉を疑っているわけじゃないよ？　だけど秘密はちゃんと共有しないと……」

つまりちゃんとチンコがデカいか確認する。

それではじめて僕の秘密を来栖は知ったことになるということだ。

滅茶苦茶《めちゃくちゃ》な論理だが、たしかに僕のチンコがデカい証拠はない。

実際に見せるのが一番てっとり早いだろう。

「わ、わかった……」

僕は観念した。来栖とは友達になったのだ。

見せて、どんな結果になろうともそれが運命だと受け入れよう。

雑木林がさわさわと風に揺れている。

日が沈みはじめるまでまだ時間はあるだろう。人の気配は皆無だ。

きこえていた小学生の声もいつの間にか途絶えていた。

「じゃ、じゃあ……」

意を決し、僕はズボンを脱いだ。

11

来栖《くるす》は美少女だ。超のつく美少女だ。

そんな美少女が僕のチンコをまじまじと見ている。

表情をかえることなく、じっと見つめている。

「こ、これって……大きいよね？」

「ああ……」

下をむいた僕のチンコは今日も今日とてデカい。

日本人の平均を遥《はる》かに超えた長さ、そして太さ。

露出《ろしゅつ》した亀頭はそれだけで生き物のよう。

浮き出た血管はどくどくと脈を打つ。

いくら五月の下旬といえど、外でチンコを出すとすこし寒かった。

「わたし、お兄ちゃんがいるからわかるけど……それと比べたら、かなり……」

最も危惧《きぐ》していた事態にはならなかった。

来栖は嫌悪感を抱くこともなく、ただ興味深げにチンコを見ている。

栗色の髪が木漏《こも》れ日《び》に反射してきらきらしていた。

来栖の潤《うる》んだ上唇と下唇はわずかに離れている。呼吸が荒い。華奢《きゃしゃ》な肩が上下している。

「もう、しまっていいか？」

「待って！　ねえ、これって勃《た》ったらどうなるの？」

「はい？」

さらに予想外のことが重なる。

来栖が僕と目を合わせた。照れたように来栖はすぐにその目線をはずした。

「だから……ぼ、勃起《ぼっき》したら……もっと、その……大きくなるんでしょ？」

「そ、そりゃ……そうだけど」

すでに秘密の共有は終了しているはずだ。

通常時で僕のチンコは十二分にデカい。

それを知れたのだ。秘密の共有をするという目的は果たされた。

もちろん勃起したときに女子がどんな反応をするかは知りたい。

だが、その反応を見る相手は関係が破綻《はたん》する可能性が少ない美琴《みこと》のような相手が望ましい。

友達になったばかりの来栖が相手だと、やはり気が引けた。

「ねえ、勃たせてよ」

「ええ!?」

声をあげてしまった。

来栖が懇願《こんがん》するような目を僕にむける。

売れ残った子犬にショーケースの中から見られている。

そんな気分にさせられた。

「見てみたいの……どうなるのか……奥谷《おくや》くんのチンチンが……」

超のつく美少女にそんなことを言われた。倒置法を使うあたり来栖に余裕はない。

それなのに男である僕が引きさがれるだろうか。いや、引きさがれない。これは反語。

「い、いいけど……僕のチンコは簡単に勃たない」

「え？」

「訓練したんだよ。ただでさえデカいのに簡単に勃起したら大変だろう？　誤魔化しようがないから、勃起しないように訓練したんだ」

小学校のときだ。

昼休み。

転んだ女子のスカートから見えた下着。

性への目覚めが早かった僕は激しく勃起した。

その後、午後の授業も放課後も席を立てなかった。

先生がなんと言っても頑として席を立たなかった。

誰もいなくなった教室で勃起がおさまるのを待った。

そして夕陽に照らされて一人帰路についたとき僕は決意した。

簡単なことで勃起しないように訓練をしよう。

「じゃ、どうすればいいの？」

「刺激が必要なんだ……」

おそらく、いや絶対に来栖は処女だ。

兄がいるからチンコに多少の耐性はあるだろう。

しかし特定の異性と肉体関係を持ったことはないはず。

過去の話をきいたときもそれらしい相手の影はうかがえなかった。

「自分で触ってもいいけど、来栖が触ってくれればすぐに勃つよ」

「へ？」

目が合った。顔を真っ赤にした来栖。

戸惑《とまど》うように唇をつぼめた。

キスしたい、キスしたい、キスしたい。

どうにかその気持ちをおさえつけ、僕は冷静に会話をつづけた。

「だ、だから……触ってくれ」

脳みそが沸騰《ふっとう》しそうだ。

冷静でいようとしても意識がふと遠のくほどに興奮している。

膝《ひざ》の裏がじんわりと汗をかき、露出した肉棒が期待で膨《ふく》らもうとしていた。

まだ勃起してはダメだ。来栖に触ってもらってからだ。

僕はゆっくりと来栖の右手をとった。

一瞬だけ抵抗するように来栖が手を引く。

しかしすぐにその力は弱まった。

来栖は僕の目を見たままだ。

不安と戸惑い。そしてすこしの期待が混じった目だった。

僕は来栖の手を自分へとちかづけた。

来栖はされるがままにしている。

「あ……」

「ん……」

肉棒の幹に来栖の指が触れた。指はひんやりとしていた。

ぞぞぞぞ。と腰から全身へと快感がひろがる。

「……に、握ってくれるか？」

「う、うん」

来栖と見つめ合ったままだ。

すでに僕がいざなう必要はなかった。

細い右手を使って来栖が自分の意思で僕の肉棒を握った。

「ふ、太いね……」

「勃起したら、もっとだぞ？」

「ああ……」

なにか温かいものを吐き出すように来栖が溜息をついた。

来栖が唇を舐《な》めた。緊張が右手から伝わってくる。

「……お、大きくなってきた」

そのとおりだった。海綿体へと血液が廻《めぐ》りだしていた。

肉棒が太く固くそして長くなりだしている。

「熱い……すごい……これっ……あぁ」

来栖に握られているだけなのに肉棒はぐんぐんと成長する。

「ダメだ！　奥谷くん、片手じゃダメだ、これ」

なにがダメかはわからない。しかし来栖は眉をよせて真剣な顔をしている。

来栖はなにかと戦っているのだ。

僕のチンコと戦っているのだ。

「こうなったら！　こうだ！」

と、来栖が両手で肉棒を握った。

「ああ！」

ふわりと僕の意識が遠のく。

「か、かたいよ、すごく」

「来栖！」

「ん？」

僕は興奮して名前を呼んでいた。

来栖が難しい数学の問題を解いているときのような顔で僕を見た。

チンコとの戦いに必死なのだ。

そして次の指示を乞《こ》うように来栖が首をすこしかしげた。

「う、うごかしてくれないか？」

もう充分に勃起していた。だが、ここでやめてほしくなかった。

「し、しごけばいいんだよね……知ってるよ」

不慣れな手つきで来栖が肉棒をしごきはじめた。

両手で幹を包みこみ、ゆっくりとしごく。

さらに肉棒は太さを増していき、上をむく。

「すごい、すごいよ、どんどんおっきくなる！」

熟《う》れた果物を口にふくんだときのように来栖の口元は濡れていた。

そして僕のチンコを見て、その口を大きくあけて驚いている。

「こんなに大きいんだ！　すごいよ、奥谷くんのチンチン、すごい！」

熱い息を吐きだしながら来栖が興奮している。

両頬をリンゴのように真っ赤にし、来栖が一所懸命《いっしょけんめい》に肉棒を両手でしごく。

「来栖、来栖、来栖！」

「奥谷くん、奥谷くん、奥谷くん！」

異様な雰囲気だった。お互いに名前を呼び合い、処女と童貞がエロいことに興じている。

冷静さは何処《いずこ》へ。

低く重い耳鳴りがしていた。

喉《のど》は渇《かわ》いているのに口内は唾液《だえき》でいっぱいだ。

しごく手を止めない来栖。

恐怖と紙一重《かみひとえ》の快感が体へと襲いかかってくる。

理性は本能に駆逐《くちく》され、獣《けもの》へと僕をかえてしまう。

「来栖、こっちむいて！」

ほとんど叫んでいた。

「え？」

と、来栖が僕を見あげたときだった。

僕は両手で来栖を抱きよせた。

「きゃっ」

短い悲鳴が来栖からあがる。構うことなく僕はその唇にキスしていた。

潤んだ目を見開き、来栖が体を強張《こわば》らせた。

鼻と鼻の頭がぶつかり、歯と歯がぶつかった。

痛みはなかったが黒板を引っ掻いたようなざわめきが背中を走った。

しかしそれすらも快感へと変換される。

「ちょ、ん……ダメだよ」

抵抗する来栖を無視して、僕はその唇を夢中で吸った。

12

柔らかい来栖《くるす》の唇。

唾液《だえき》で濡れ、僅《わず》かに甘い香りがする。

んんんん。と、来栖はどうにか僕の唇から逃れようとする。

しかしそれが逆に情熱的なくちづけへといざなっていく。

「あっ、ん、ちゅっ、だめ、あんっ」

体を密着させているのだ。当然に僕の勃起《ぼっき》した肉棒が来栖の体に触れていた。

びりびり。と、電気のような快感がのぼってくる。

細いが、たしかな肉感がある来栖の体。抱きしめながら僕は一所懸命《いっしょけんめい》にキスをつづけた。

我慢ができず、巨大になった肉棒を来栖の制服にこすりつける。

「お、奥谷《おくたに》くん……ん、くちゅ、あちゅ、ふんっ、くっ、ちょっと、あんっ」

いつの間にか来栖から抵抗の意志が消えていた。

僕からのキスを受け入れ、自《みずか》らも積極的に唇を重ねはじめる。

開いていた目をつむり、夢中でキスをする来栖が可愛すぎた。
淫靡《いんび》な音を立てながら唇と唇を押しつけ合う。
快感と幸福感がごちゃ混ぜになり、ここがどこで自分が誰であるかを忘却する。
「んなっ……あ、ちゅっ、あちゅ、んっ、ちゅぷ、んあっ、ふっ、はむ」
あまりに長いことキスをしていた。二人の口元は唾液で濡れに濡れていく。
別々だった唇が一体化して、離れることを拒《こば》んでいるようだ。
僕は肉棒を来栖の制服に押しつけつづけた。
強い刺激が下半身からも襲ってきて、そのたびに意識が飛びそうになる。
興奮から体温が上昇しているのがわかる。
「はぁ……」
どちらからということなく唇を離した。
粘った唾液が一筋、名残惜《なごりお》しそうに二人の唇を繋《つな》いでいる。
いつの間にか斜めになった太陽の光が、その糸を照らした。
「ん」
と、来栖が唇を噛む。
唾液の筋は切れ、くちづけが終わったことを告げた。
来栖は目を合わせようとせず、地面を見つめていた。

僕も所在なさげに立ち呆《ほう》けていた。
いつからいたのだろう。すぐそこの木に鳥がとまって鳴いていた。
空は夕焼け前の紫色に染まっている。
世界の終わりはちかい。
そこに僕は来栖と二人きり。
ディストピア小説の登場人物であるかのようなそんな感覚。
絶望と希望を行ったり来たりしている自分がいた。
なにをどうすればいいのだろうか。
この沈黙はどうやって破ればいいのだろうか。
「ど、どうしよう……」
結局、沈黙を破ったのは来栖だった。
来栖の声はかすれていた。
「わたし……初めてのキスだったんだけど……」
「ぼ、僕もだ……」
そう答えるのがやっとだった。
冷静になりはじめた僕はチンコを出しっぱなしであることに戸惑《とまど》う。
肉棒の先端からは透明な液が垂れていた。

どのタイミングでしまえばいいだろう。

そもそもこんなに勃起《ぼっき》していたらズボンがはけない。

「引かないよ……」

ふと、来栖が僕のチンコを見てつぶやいた。

「え？」

「わたしは奥谷くんのチンチンを見ても引かない……」

「えっと……あ、ありがとう……」

来栖が僕と目を合わせた。

僕はいままで来栖とキスをしていた。

それなのにその美しすぎる少女は、やはり僕のいる世界とは違う世界の住人だった。

夢を見ていたのかもしれない。

そんな思いが去来する。

「なあ……」

不安になり僕は尋《たず》ねていた。

「来栖は優しいだろう？」

「そうだね」

自嘲《じちょう》気味に笑う来栖。

僕は真剣な眼差《まなざ》しで来栖を見た。

「だからか？　だから僕からのキスを拒まなかったのか？」

「は？」

来栖が驚きからか目を見開く。

ひどいことをきいている自覚はある。

だが僕にとっても初キスだったのだ。

興奮して勢いでしてしまったとはいえ、それは大事な思い出になるはずのものだ。

「わたし、ちゃんと抵抗したよ？」

たしかに初めは抵抗していた。しかしいつの間にか受け入れていた。

「だけど奥谷くんだから、いいかもって思った……」

「それって」

「優しいからって誰のキスでも許すと思った？　それはないよ！」

怒ったように来栖が頬を膨《ふく》らませた。

「いくらわたしでもキスをしてもいい相手は選ぶ……奥谷くんだからしたんだよ？」

またキスしたい衝動に襲われたが、ぐっとおさえこむ。

「そうか……なら、よかった」

「まあ普段のわたしの態度を見ていたら、そう思うか……」

「いや、ごめん。変なこと言った」

「ううん」

首をふると慈愛溢《じあいあふ》れる表情で来栖が言った。

「いいの……じゃあさ、奥谷くんが特別だって証拠に……とうっ」

奇妙なかけ声とともに、来栖がまだ勃起している肉棒を両手で握った。

顔を僕にちかづけると、耳元で囁《ささや》いた。

「射精させてあげる……」

そして来栖が肉棒を両手でしごきはじめた。

カウパー液が潤滑《じゅんかつ》剤となり抵抗なく来栖の細い指が幹を這う。

一気に押しよせる射精感に腰が震えた。

「あっ……あっ……あっ……」

意識せずに僕は喉《のど》の奥から声を発していた。

来栖が目を半開きにして顔を真っ赤にして肉棒をしごく。

大きすぎる僕のチンコを超のつく美人が射精のためにしごいている。

これは夢ではない。現実だ。

それを理解すればするほどに血液が循環を速める。

「奥谷くん……君は、わたしにとって特別だから……」

「あっ……来栖……」

「……これで信じてくれる？」

「来栖っ、来栖っ！　出る、出るから！」

「ねえ、信じてくれる？」

「信じる！　信じるから、とめて、手、とめて！　出ちゃう！」

しかし来栖は手を止めてくれなかった。

むしろうれしそうに微笑むとその手を一層速めた。

「出していいよ……いっぱい出して、気持ちよくなって」

「あああああ！　イクっ！　イクっ」

頭の中で火花が散った。

滞《とどこお》っていたマグマのようなどろどろした精液が長い管を通る。

そして一気に先端から放出された。解放感。

「うわっ」

と、来栖の声がきこえた。

そのとき僕の視界は白い靄《もや》に覆《おお》われていた。

体にある血液という血液が股間《こかん》に集まっていた。

長い射精だった。

何度も肉棒を痙攣《けいれん》させながら精液が体外へと放出されていく。

なにも考えられなかった。

ただ快感という罪深い海に溺《おぼ》れていった。

すべての苦悩は消え失せ、このために生きているのだと知る。

やっと冷静さをとりもどしたときに気付く。

僕が射精していたのは来栖の制服であった。

紺色のブレザーにこれでもかと濃い白濁液が張りついている。

「あ、あ、あ……ごめん」

「へへへへ。奥谷くん、可愛いなぁ」

来栖が笑っていた。そして制服についた精液を人差し指で触れた。

困ったように首をかしげて僕を見た。

「ねえ、これ、とれるかな?」

もう死んでもいいと思った。

13

ちょうど衣替《ころもが》えの時期だ。
そのため来栖《くるす》は次の日はブレザーを脱ぎワイシャツで登校していた。
あれから二日が経《た》っていた。
授業や休み時間での来栖の態度は以前とかわらない。
中間試験が五日後に迫り、部活は休みとなっていた。
僕はとくにはなし相手もいないので放課後はさっさと帰る。
来栖と一緒に帰ることもなく、はなすこともない。
だが確実に関係は進歩していた。
時折、来栖と目が合うのだ。
そういうときすぐに目を離してしまうのではなく、来栖は僕に笑いかけるのだ。
しかもみんなに見せている笑いと違い、どこか子供っぽい、悪戯《いたずら》っ子のような笑顔だ。
現在、僕はバスに乗っていた。

中間試験のために数学の教科書を開く。

そんな折、声をかけられた。

「ねえ、奥谷《おくたに》……」

「ん？」

顔をあげると、そこには同じクラスの城田四葉《しろたよつば》が立っていた。

あまり女子とはなすことのない僕にあって、会話をしたことがある数少ない異性であった。

「ああ、城田」

と、いうのも城田とは同じ委員会に所属しているのだ。

環境保護委員。

活動内容は月に一度の放課後清掃。

校内とそのまわりをゴミ袋とトングを持って清掃をする委員会だ。

部活動同様、端詰《はしづめ》高校は全生徒に委員会への所属を義務付けている。

そのため環境保護委員のような閑職《かんしょく》がたくさんあった。

くじ引きで僕は環境保護委員になり、一緒になったのが城田四葉だった。

まだ四月と五月の二回、一緒に清掃をしただけだった。

「急にはなしかけてごめんね」

「別にいいけど、なに？」

どこかこそこそとした雰囲気がある城田。

活発的な女子で、部活はソフトボール部。

日焼けした肌が眩《まぶ》しく、赤っぽい髪をいつもポニーテールにしている。

スカートから露出《ろしゅつ》した足は筋肉でひきしまっていた。

目は大きい。鼻は高く、頬にあるソバカスの痕《あと》が可愛らしい。

「奥谷って、数学得意？」

「え？」

「いや、ほら……それ、教科書」

僕が開いていた教科書のことだ。

「得意でもなければ、苦手でもない」

平均点にこよなく愛されている僕に得意教科はなかった。

ちなみに特別苦手な教科もない。

あえていえば美術は苦手。絵が絶望的に下手《へた》なのだ。

「そうか。ならいいや」

興味をそがれたように城田が顔を窓の外へとむけた。

思い切って僕は会話をつづけてみることにした。

「城田は数学が苦手なの？」

「え？　まあ、ね」

「それで勉強を教えてくれる人を探していると」

なんでわかるの？　と、目だけで城田が僕に問う。

いや誰でもわかるでしょ。

「仲がいい友達に頼めばいいだろ」

「そうなんだけどさ」

と、そこで言葉を切ると城田がちょっとだけ舌を出した。

「格好が悪いじゃん？　ほんとうにわたし、数学が苦手で。友達にそれを知られるのは避けたいからさ」

「僕にならいいと」

「だって、友達じゃないじゃん」

たしかに。すごい城田四葉。

僕は君の友達ではないから数学が超苦手なことがバレても格好が悪くないね。

すこし泣いてもいいですか。

「それに奥谷って悪いやつじゃないから」

「ん？」

思わぬ発言に僕は戸惑《とまど》った。

顔の前で手をふると城田が言った。

「勘違いしないでよ、別に好きとかじゃないからね？」

なにそのツンデレ。

「だけどさ、委員会のとき一所懸命《いっしょけんめい》にゴミ拾ってたじゃん」

「そうだっけ？」

「そうだよ。あんなのみんな適当にやって切りあげるのに、奥谷は黙々とゴミ拾ってて」

意識してなかったことだった。

そうなんだ。みんな適当に切りあげてたんだ。

「それ見てさ。ああ、この人は悪いやつじゃないんだなって」

「そりゃどうも。だけど、僕は数学が得意じゃないからね」

「だからもういいよ。頑張って一人でやるから」

そうつぶやいた城田の顔にはどこか焦《あせ》りが垣間《かいま》見えた。

「なあ、赤点とるとマズいこととかあるのか？」

「え？」

「運動部だとそういうのあるだろう？　赤点とったらレギュラーになれないとか」

「あ、え？　そ、そうなんだよね……赤点とるとレギュラーから落とされるんだよね」

それで焦っていたのか。そういうことなら手伝えるかもしれない。

「別に高得点を狙《ねら》う必要がないなら、手伝えるかも」

「どういうこと？」

「僕は平均点をとることに関しては誰にも負けないから」

「自慢できないけど、それ」

そこでバスが駅前へとついた。

城田は反対方向の電車なので、改札を抜けたところで別れた。

別れ際《ぎわ》に連絡先を交換した。

「明日から、お願いしてもいい？」

「いいよ」

詳しいことは今夜、連絡し合うことになった。

帰りの電車で僕は城田からもらった連絡先をずっと眺めていた。

城田四葉。

美琴《みこと》の他に初めて連絡先を知った同年代の女子だった。

そういえば僕は友達になったのに来栖の連絡先を知らない。

14

家に帰ると美琴《みこと》がいた。

二日会っていないだけでかなり久しぶりに感じる。

「よう、美琴」

リビングでうちのおばあちゃんと編み物をしていた美琴がふりむく。

ジャージの上下というお得意の格好をしていた。

学校があった日のため、さすがに寝ぐせはついていていない。

「今日は鉄板焼きだから、来た」

「そうか」

うちでは二週間に一回のペースで鉄板焼きをやる。

そのときには美琴と美琴母もうちにやってくる。

キッチンのほうから僕の母親と琴絵《ことえ》さんが楽しそうにはなしている声がきこえていた。

「ねえ、ちょっと買い物行かないとだから、付き合って」

美琴が持っていた毛糸をおばあちゃんに渡すと立ちあがった。

「着替えてくるから待ってろ」

そう告げると僕は手洗いとうがいを済ませてから二階にあがった。

スウェットのズボンと黒い長袖《ながそで》のシャツに着替えて一階へとおりる。

美琴は玄関で待っていた。

「なに買うんだ？」

「焼肉のタレが切れたんだって」

「タレだけ？」

「うん」

「それなら僕だけで行ってくるよ」

しかし美琴は首をふった。

「いいじゃん、二人で行こうよ」

「まあ、いいけど……フク屋でいいか？」

フク屋はここから自転車なら五分で行けるちいさなスーパーだった。

「フク屋じゃなくて、サインズにしよう」

「はあ？　タレくらいだったらフク屋でいいだろう」

サインズは駅を越えたむこうにある大型スーパーだ。

たしかにフク屋よりは品揃《しなぞろ》えはいい。しかしタレであればフク屋で充分だ。値段もかわらないだろう。

「ほら、行くよ」

僕の意見は無視され、さっさと美琴が外に出てしまう。

しかたなしにその背中を追いかけた。そして僕は自転車に乗った。

当然のように美琴が自転車のうしろにある荷台へとまたがる。

「なんで、二人乗りなんですかね?」

僕はふりかえって美琴を睨《にら》んだ。

首をすくめる美琴。

「だってわたしの自転車、家だもん」

「ならとりに行けよ!　おまえの家、すぐそこだろう!」

「面倒くさい」

大きな溜息が出てしまった。

言い争っても無駄だ。

「なんかほしいもんでもあんのか?　わざわざサインズまで行こうなんて」

自転車をこぎはじめてから尋《たず》ねた。

しっかりと僕の腰に手をまわしている美琴が答えた。

「別に」

「なんだよ？　土曜日のこと怒ってんのか？」

「怒ってないよ。元はわたしが見せてって言ったのが悪いわけだし……それに男なんて、みんな狼《おおかみ》だからね」

「悪かったよ。ごめん」

素直に謝った。許してくれるかどうかはわからない。

しかしこうやって二人で買い物に行くくらいだ。

思ったよりも大丈夫そうだ。

「わたしさ、告白された」

「はあ？」

急なことで驚いた。

すこし美琴の腕に力が入ったようだった。

「今日電車で連絡先が書いてある紙を渡されて、前から好きでした、よかったら付き合ってくださいって……」

「へ、へえ」

動揺が隠せなかった。

なんだその少女漫画的展開。

美琴はそのことをはなしたくてわざわざ遠くのサインズを選択したのだろうか。

「それで?」

「断ろうと思ってる」

「好みじゃないのか?」

「顔はすごく格好よかった。性格もよさそう」

「それでもか」

「だって好きじゃないもん」

そりゃそうか。

どんなに顔がよくても性格がよさそうでもそいつのことを美琴が好きでなければダメだろう。

彼氏を携帯電話のストラップのように扱う女子高生も多いが、美琴はそうではない。

「それにわたし、好きな人がいるし」

思わずブレーキをかけてしまった。

「危ないな!」

と、文句を言う美琴を無視して尋ねた。

「僕か?」

「死ね」

その後は無言だった。

沈黙のままサインズにつき、タレをひとつだけ買って外に出る。

「あ、奥谷《おくたに》くん！」

と、知っている声に僕は慌《あわ》てた。

案外とちかくにそいつはいた。

「来栖《くるす》？　どうした？」

「どうしたって、ここスーパーだよ？　買い物に決まってるじゃん。あれ、妹さん？」

僕の隣にいる美琴を見て来栖がきいた。

たしかにサイズ的には妹っぽい。

「違う違う。僕に妹はいない」

「じゃあ……奥谷くんの彼女？」

やめろ。いまはやめろ。ほら美琴が来栖のことかなり睨んでいる。

来栖の格好は真っ白なワンピースと、いかにもお嬢様。

美琴に睨まれてもにこにこと笑顔を返しているあたり余裕がある。

「あなたは、どちら様でしょうか？」

敵意むき出しで美琴が来栖に問う。

そんな敵意も意に介さず、笑顔のまま来栖が答えた。

「来栖美亜《みあ》です。奥谷くんとは、同級生で、同じクラスで、同じ部活なの」

「ならわたしとは同い年だね？　敬語を使いなさい！」

僕は美琴の頭をはたいた。

「意味わからないこと言うな！」

すこし困ったように笑う来栖に、僕は謝った。

「すまん。こいつは安藤《あんどう》美琴で、幼馴染《おさななじ》みだ。妹ではないけど、まあ、兄妹《きょうだい》みたいなもんだな」

「へえ……幼馴染みなんだ」

どこか羨望《せんぼう》の眼差《まなざ》しを美琴にむける来栖。

一方、はたかれた頭を撫《な》でながら美琴は来栖を睨みつづけていた。

「よろしくね美琴ちゃん」

「ふんっ」

と、美琴は顔をそむけた。

どうしてそんなに来栖を嫌うのかが僕にはわからない。

これはあれだ。嫉妬《しっと》だ。

「一人で買い物か？」

うなずくと来栖が僕へと目線をうつす。

「そう。今日はお母さんもお父さんもいないから、なにかつくろうと思って」

「一人なのか？　なら、うちに……」

そこで美琴に思いっきり足を踏まれた。

「痛っ！　なにすんだよ、おまえ！」

「行くよ！　時間ないんだから」

いやまだ夕食まで時間はあるだろう。

しかし美琴が僕の腕をぐいぐいと引っ張っていく。

その様子を見ながら来栖がくすくすと笑って、手をふっていた。

「来栖、なんかごめんな！　また明日……あ！」

と、僕は美琴の手をふりほどく。そして来栖のほうへと引き返した。

スーパーへと入ろうとしていた来栖が足を止め、不思議そうに僕を見る。

「どうしたの？」

「悪い……そういや来栖の連絡先を知らなかったなって」

「知りたいの？」

「知りたい。学校じゃはなさないからさ」

「別にわたしは、はなしてもいいんだけど」

呆《あき》れたような困ったような表情で来栖が言った。

僕は苦笑した。

「学校のときの来栖とは上手《うま》くはなせそうにないから」

「そうか……いいよ、教えてあげる」

そうして僕は来栖と連絡先を交換した。

来栖に手をふると、僕は急いで美琴を追いかけた。

自転車置き場まで行くと美琴は貧乏ゆすりをしながら待っていた。

「なにあの女！　すごいムカつくんだけど！」

「いやいやおまえだよ！　なんだよ！　僕の友達になんて態度とるんだよ！　それに足踏んだだろう！」

自転車の鍵《かぎ》をはずしながら僕は怒りをぶつけた。

美琴が腕を組んで、僕を睨んだ。

「あんた、あの来栖っていう女を鉄板焼きに誘おうとしたでしょ？」

「え？　まあ、そうだよ」

来るかはわからないが、誘うくらいいいだろう。

「なんでよ!?」

「悪いか？　別に来栖一人が増えたところで、問題ないだろう」

「そりゃそうでしょうよ。いい子そうだし」

「そう思うなら、なんであんな態度……」

もうこいつがなにを考えているかわからない。

「うっさい！　うっさい、うっさい！　帰る！」

叫びながら美琴が歩き出した。僕は慌てて自転車に乗るとそのうしろを追いかけた。

「乗れよ」

「乗らない！」

「なんで怒ってんだよ？」

「別に」

僕が勃起《ぼっき》チンコを見せようとしたことは怒ってなかった。

それなのにいまはどうしてだかかなり怒っている。

こういうときは触らぬ神に祟《たた》りなしだ。

「ねえ」

しばらく歩き、田んぼ道になったときだった。美琴が足を止めて僕を見た。

「ん？」

「寄り道するから」

そう言って美琴が道を逸《そ》れた。

田んぼの上を高速道路が通っていた。その高架下にちいさな公園がある。

その公園で足を止めると、美琴が僕をふりかえった。

黙ってついてきていた僕は美琴をじっと見た。

「怒ってごめん……」

ちゃんと美琴が謝った。

僕はうなずく。

「許す」

美琴はこういう素直な一面も持っている。

「ねえ、幸明《こうめい》?」

「ん?」

「……許すついでにさ、ひとつ言うことをきいて」

「なんだよ?」

美琴が顔を赤らめて、独り言のように言った。

「わたしのこと……ギュってしてよ」

15

高架下のちいさな公園は夕陽によって橙色《だいだい》に染まっていた。

自転車を置き、僕と美琴《みこと》はその公園の中へと入った。

自治会が管理している倉庫がある。その裏側へと二人して隠れた。

これで簡単に人から見られることはない。

「ど、どうした？　急に」

「いいから……」

下をむいて美琴がつぶやく。そしてそのまま頭を僕の胸にぶつけてきた。

可愛い。

「ギュってしてよ……」

もう一度美琴が言った。

僕は美琴の意図がわからなかった。

さきほどまでは怒っていたのだ。

それがいまは自分を抱きしめろと言う。

情緒不安定にもほどがある。

だが抱きしめるのに僕がためらう理由もない。

美琴は可愛い女の子だ。それに大切な幼馴染《おさななじ》みだ。

「じゃ、じゃあ……」

と、僕はゆっくりと手を美琴の背中にまわした。

そして僕の体へと押しつけるように力をこめる。

「あっ……」

美琴がちいさく喘《あえ》いだ。そして自分からも僕の背中に腕をまわし抱きついてきた。

細い腕が絡《から》まり、きゅっと力をこめてくる。

僕の胸に顔をうずめているので美琴の表情はわからない。

柔らかく、ちょっと力をこめれば折れてしまいそうなほどに細い。

「……こ、これで、いいか?」

「……もうすこしだけ」

顔をうずめたまま美琴が言う。

心臓が高鳴っている。

二人とも緊張しているため、どこかぎこちない。

外国映画で見るような抱擁《ほうよう》ではなかった。

僕は美琴を抱きしめているあいだ、ぼうっと景色を見ていた。

家路《いえじ》につこうとしている鳥が群れをなし橙色に染まった空を飛んでいた。

飛行機がちかくを飛んでいるようだ。

エンジン音を残して遠くへ旅立っていく。

水が張られた田んぼの水面と植えられたばかりの稲の苗たちが揺れていた。

露出《ろしゅつ》した肌が夕方の気温にすこしだけざわめく。

美琴が密着した部分だけが異様に熱かった。

「ん……もういい」

告げると、美琴が離れた。下をむいているためやはり表情は見えない。

「どうかしたのか？」

できるだけ優しい口調を心がけた。

美琴が首をぶんぶんとふった。答えたくないという意志表示。

ならこれ以上尋《たず》ねるわけにはいかない。

「帰るか……」

「うん」

その後、美琴はいつもどおりの美琴にもどったように見えた。

鉄板焼きでは美琴と琴絵《ことえ》さんが壮絶な肉のとり合いを演じた。
それを見ておばあちゃんとおじいちゃんが大笑い。
和《なご》やかな時が過ぎた。
その夜だった。
僕が部屋で中間試験の勉強をしていると城田四葉《しろたよつば》からメッセージがあった。
＞今日はありがとうっっ(>◇<)
＞明日の放課後から、よろしく☆彡
＞場所は誰にもバレないようなところがいいんだけど?
＞どっかないですかね(`◉ω◉)?
バスで会話した城田からは想像できないメッセージ。
メールだと人格がかわる人がいるという。城田もそうなのかもしれない。
戸惑《とまど》いつつも僕は真摯《しんし》な対応を心がけた。
城田がいいやつなのは知っている。
部活も頑張っているし、僕のような男との会話もイヤがらない。
友達になれるならぜひなりたかった。
勉強する場所か。どこがいいだろうか。
そんなことを考えていると扉がノックされた。

僕は慌《あわ》てて携帯電話を教科書の下に隠した。

そしてペンを握ると勉強しているふりをする。

「どうぞ」

入ってきたのは美琴だった。

「あれ？　まだ帰ってなかったのか」

たしか夕食後はみんなでテレビを見ていたはずだ。

すでに夜の九時をまわっている。帰ったと思っていた。

「うん……お母さんは帰った」

「そうか」

どこか美琴にいつもの覇気がなかった。

頬が赤く、恥じらいが全身から滲《にじ》み出ている。

今日の公園での抱擁が思い出された。

「な、なんでもないなら僕は勉強中だから……」

「見てあげるっ」

美琴がすこし声を張りあげた。うしろ手に扉をしめ、鍵《かぎ》をかけた。

「お、大きくなったあんたの……見てあげる」

「え？　あ……はあ？」

「だから、ほら、脱いで！」

「ちょ、ちょっとまて！」

ちかづいてくる美琴から僕は逃げようとした。

しかし立ちあがる寸前で肩を摑まれる。

あげかけていた腰が、ふたたび椅子へともどされた。

「見してよ！」

僕の肩を両手で摑んだまま美琴が口をあける。

顔がかなりちかい。見あげた僕は絶句していた。

真っ赤に染まった頰。そして荒い息。

妙に色っぽい。おかしい。なにか美琴がおかしい。

「ど、どうした？　美琴、落ち着けよ！」

「落ち着いてるよ！　あんたが言ったんでしょ？　見てくれって！　それで気持ち悪いかどうか判断してくれって！」

それはそうだ。しかしその問題はすでに解決してる。

来栖《くるす》に見てもらい、変ではないという言葉を得た。

それにいまの美琴はすこし怖い。

なにか切羽詰《せっぱつ》まったような雰囲気まである。

「やっぱり一番初めにわたしに見せたほうがいいと思うの。そ、それから他の女に見せたほうが安全だとわたしも思うわけ。他の女があんたにいればだけどね」

早口で美琴がまくしたてる。

目に涙を溜めていた。

「とにかく、わたしが一番がいいの！　ねえ……いいでしょ？」

「い、いや、べ、勉強が……」

そうして僕は美琴の目から逃げるように机にむかった。

「じゃあ、わかったよ！」

諦《あきら》めたかと思ったが違った。

美琴はしゃがむと机の下に潜《もぐ》りこんで僕のズボンを脱がしにかかった。

「やめろ！　なにしてんだ!?」

「いいから、あんたは勉強してればいいから！」

抵抗しようとしたが、思ったよりも美琴の力は強かった。

あっという間にズボンとトランクスを脱がされてしまった。

立ちあがろうにも両足をしっかりと掴まれているためにうごけない。

下手《へた》にうごくと美琴が怪我《けが》をしそうだし、露出した僕のデカチンも危ない。

「や……やっぱり、デカい……」

机の下で美琴がつぶやいた。

のぞきこんでみると、美琴は僕の息子と見つめ合っていた。

机の下という限られたスペースでの邂逅《かいこう》。

荒くなった美琴の息が、ふわりと肉棒を刺激する。

「ねえ……もっと……大きくしてよ」

「いや……でも、おまえ……大きくって……」

「いいから、早く！」

美琴が机の下から僕のことを睨《にら》んだ。

抵抗しようにも両手で両足をがっちり固定されている。

椅子をガタガタと揺らすが、美琴は離れようとしない。

「なんだよ、もう……」

と、僕がつぶやいたときだった。

机に置いてあった携帯電話が鳴った。

表示画面を見ると城田四葉であった。

僕の返事が遅いために電話をしてきたのだろう。

「なに？　あの完璧美少女？」

美琴が僕にというより、僕の肉棒に尋ねた。

「来栖のことか？　違う……同じクラスの友達だ……ちょっと、出ないとだから」

「女？」

「そ、そうだよ、おとなしくしてろよ？」

僕は電話に出た。

『奥谷《おくたに》！　返事が遅いよ！』

城田の開口一番は文句だった。

声をきいて、スポーツ少女の顔が頭に蘇《よみがえ》る。

よく考えなくても僕は同級生の異性と下半身を露出した状態で電話をしているのだ。

これはかなり異様な状況だ。

「勉強してたんだよ」

『それで？　明日はどこで勉強する？』

「どこでするかな……人気《ひとけ》のないところがいいんだろう？」

そう僕が城田にきいたときだった。下半身が心地よい快感に襲われた。

「ふぁお!?　お、おい！　やめろ！」

叫んでいた。

机の下を見ると、美琴が肉棒を口にふくんでいたのだ。

上目遣《うわめづか》いで僕のことを睨み、頬を膨《ふく》らませている。

『なに？　やめろって、なに？』

携帯電話からは城田の声がしていた。

16

「美琴《みこと》、おい、やめろって！　あふんっ」

僕は携帯電話のマイク部分を手で覆《おお》い叫ぶ。

両手でしっかり僕の足を摑んだ美琴が使えるのは口だけだ。

しかしだからといって、いきなり口にふくむとは恐ろしい。

「ん……でっか……ん……」

通常時であっても僕のチンコはデカい。

それは日本人が勃起《ぼっき》したときと変わらない長さと太さだ。

美琴は僕のチンコを口に入れたましゃべる。

「これ、ん……大きくなったら……無理だよぉ……」

「やめろって！　なんで、こんなことすんだよ！」

しかし美琴は答えない。

口内の温かさが肉棒から全身へと這《は》いあがってくる。

腰が引けたが、逃げようとすればするほどに美琴が深く口へとふくむ。
「す、すまん、城田《しろた》……うちの猫が」
しかたない。なにか言い訳をしてさっさと城田との電話を終えよう。
『え？　奥谷《おくたに》の家って猫飼ってるの？』
飼ってない。
『わたしさ、猫、好きなんだよね、うちにも二匹いて』
まずい。話が長くなりそうだ。
「ふぁんっ」
『え？』
また変な声が出てしまった。美琴が肉棒の先を固くした舌で舐《な》めたのだ。
冷や汗が出るほどに気持ちがいい。
さっさと快感に溺《おぼ》れてしまえと僕の中にいる悪魔が囁《ささや》く。
天使のほうは不在だ。自力で踏ん張るしかない。
『どうしたの？　猫に舐められた？』
城田が都合のいい解釈をしてくれた。
間違ってはいない。美琴は猫のようなやつだ。
「そ、そうだ……んっ、バカ、やめろ」

『可愛い猫？』

気持ちがいい。とうとう肉棒が勃起を開始した。

それに気付いた美琴が目を見開く。

「か、可愛いよ……」

美琴は可愛い。

思わず携帯電話を持っていないほうの手で美琴の頭を撫《な》でていた。

大きくなりつつある肉棒を咥《くわ》えながら、美琴が照れくさそうに目を伏せた。

『ねえ、うちの猫も見たい？』

城田が質問してくる。

簡単な返事しかできない。

「あ、そ、そうだな……」

くちゅん、くちゅん。美琴が唾液《だえき》をふんだんに使って亀頭部分を舐めまわす。

ふわりと体が浮いたような感覚に襲われ、肉棒がただ快感を貪《むさぼ》る器官となり果てた。

『ならさ写真送ってあげる！　いまね、わたしの部屋にいるから。ちょっと、待ってて』

うれしそうな声をあげ、城田が電話を切った。

こちらが努力しなくても勝手に切ってくれた。

とりあえず安心だ。問題は肉棒を咥える美琴。

かなり勃起は進んでいて、美琴が苦しそうに表情を歪《ゆが》めた。

「もういいから、口、離せよ」

しかしその優しさは無視された。

美琴が首をふって、潤《うる》んだ目で僕を見る。そしてなにか言おうとした。

「んんんん……んんんん、んんんん」

「その状態でしゃべるな！　ああ、もう！」

携帯電話を机に放ると、僕は美琴の頭を両手ぐしゃぐしゃにした。

イヤそうに首をふりながらも、美琴は肉棒を口から離さない。

一所懸命《いっしょけんめい》にちいさな舌を亀頭に押しつけ、どうにか刺激を与えようとしてくる。

「美琴……気持ちいぃ……」

「……んんんん……はっ」

さすがに限界だったらしい。肉棒を口から出すと、美琴が僕を睨んだ。

「ちょっと！　顎《あご》、はずれるから！　なにこれデカすぎ！」

「ごめん」

「でも、大きくなった……」

僕の足から手を離し、美琴が巨大化したチンコを指先で触れた。

ぴりぴり。と、微弱な電気を受けたような刺激が走る。

「う、うごいた……すごい……」

興味深げに肉棒を眺める美琴の口元は唾液で照っていた。

「美琴……」

「なによ?」

机の下にいる美琴と目が合う。ほんとうに猫のようだ。名前を呼ばれて目を丸くした猫。

「出てこいよ、そこ狭いだろう?」

僕は立ちあがると椅子をずらした。

ジャージ姿の美琴が、四つん這いで机の下から出てくる。

膝立《ひざだ》ちになった美琴の目の前にはもちろん僕の息子が待っていた。

「それで?」

わかっているが、あえて尋ねてきている。そんな感じで、美琴が目を眇《すが》めた。

頭をくしゃくしゃにされたために短い髪は乱れきっている。

顔は首のほうまで真っ赤だ。机の下にいたためにうっすらと汗をかいていた。

「握ってくれ……」

「え?」

「握って、先っぽを舐めてくれ」

「な、なに言っての、バカじゃん!」

たしかに僕はなにを言っているのだろうか。

そう思ったとき携帯電話がメッセージの着信を告げた。

一気に冷静になる。

「そうだな、バカだな、僕……」

手を伸ばし、机の上にある携帯電話を手にした。

城田から写真が送られてきたのだろう。

「ごめん……忘れてくれ」

美琴は不機嫌そうに僕をじっと見ていた。さすがに怒っているらしい。

そんな美琴の目から逃れるために、僕はメッセージを見た。

〉じゃーん(#^.^#)

〉我が家のかわい子ちゃんたちでーす♪

その文言《もんごん》のあとに写真が添付されていた。

丸々太った黒猫と、細身の茶色い猫が、ベッドの中で絡《から》み合うように寝ている写真だ。

城田の部屋で撮られたものだろう。猫を撫でる、日に焼けた城田の腕も映りこんでいた。

「あああ！　もう！」

声がした。美琴の声だ。

はっとして幼馴染みを見る。美琴が頰を膨らませて僕を睨んでいた。

かなり怒っている。

「こうすればいいわけ？」

怒った顔のまま美琴が肉棒の幹を握った。

「おい！」

「いいから黙って！　もう黙って！」

叫んでから美琴が肉棒を握ったまま先っぽを舐めはじめた。

チロチロ。と、尿道部分を重点的に舐める。

寒気にも似た快感が腰のあたりを襲う。

顔は怒っているのに、舌のうごきは健気《けなげ》だ。

その矛盾《むじゅん》した行動に僕は妙に興奮を覚えていた。

「んちゅ……ん、んあ、ん」

「ああ、美琴、しごいてくれ」

「え？　なに？　しごく？」

口調はつっけんどんだが、僕と見つめ合った美琴の目には喜びが滲んでいた。

「こう……手をうごかしてほしい」

僕は持っていた携帯電話を肉棒にみたてて説明した。

眉を顰《ひそ》めながらも言われたとおりに肉棒をしごきはじめる美琴。

自分の唾液で濡れた肉棒を美琴自身がしごいている。

すごく扇情的《せんじょう》な光景だ。

「もっと……舐めてくれ」

気持ちがよかった。

美琴の手はちいさい。僕の勃起したチンコを完全に握ることはできない。

しかしその刺激のムラが快感を助長させた。

「ちゅ、ん、ん、ん」

ちょっとしか口の外に出ない舌で、美琴が亀頭を舐める。

腰が引けてしまうほどに刺激が強かった。

最近まで異性として意識したこともなかった幼馴染み。

その美琴がいまは僕のチンコをしごいて、そして舐めている。

あまりの事態に脳がパニックをおこしそうだ。

「あ……気持ちぃぃ……すごく、いい」

「ん、ん、ちゅ、ん、ちゅ」

舌だけをうごかすのに疲れたのだろうか。

美琴が顔も一緒にうごかす。

そのときだった。手で握っていた携帯電話が鳴った。

また城田から電話だろうか。
そう思ったが違った。メッセージだ。
〉そうだ！　明日うちに来る？
〉そうすれば猫が見られるよ？
〉そうだ、そうしよう決定(`ω´)ノ
思わず読んでしまった。するとそれを機に美琴が手のうごきを速めた。
さらに亀頭部分をぱくりと口にふくんだ。
「おおおおっ？」
急な刺激に腰が砕けて、僕は床に腰をおろした。
手から携帯電話が落ちる。
「み、美琴……」
美琴が四つん這いになり、僕の肉棒へとちかづいてくる。
なにかにとりつかれように肉棒の幹を掴むと、またしごきはじめた。
僕はただ美琴の行動を享受《きようじゆ》するしかなかった。

17

淫靡《いんび》な音が部屋に響いていた。

床にしゃがんだ僕。その股間《こかん》に美琴《みこと》が顔をうずめている。

右手で一所懸命《いっしょけんめい》にしごきながら肉棒を舐《な》めてるのだ。

「んっ……ちゅぷ、ん」

あまりの可愛さに僕は美琴の頭を撫《な》でていた。

美琴はただ集中して目の前にある太い棒を舐めつづける。

「ん、ちゅぷ、くちゅ、ちゅぷ、んっ……はむ」

亀頭を口に咥《くわ》えた。そして舌を使ってぐりぐりと舐めまくる。

僕の頭の中はぐちゃぐちゃだ。

なにか考え事をしようとすると、白い快感の波によってそれらの考えはさらわれていってしまう。

「美琴……美琴……」

無意識に美琴の名前をつぶやいていた。

それに呼応するかのように美琴のうごきが激しくなっていく。

「ん、ちゅぷぷ、くちゅんっ、んぱっ、ん、あちゅぅ」

しごく手の速度もあがっていく。

「ああああ」

射精がちかいことを腰の震えが伝えた。

「美琴！　イっちゃう！」

僕は美琴の頭を軽く押した。亀頭から口を離した美琴が僕の目を見る。

真顔だ。だけどそこにはどこか哀愁《あいしゅう》の影があった。

美琴はしごく手を止めなかった。じっと僕の目を見たまま、肉棒をしごきつづける。

濡れた唇を噛んで、なにかを訴えるように手の速度をあげていく。

「あっ……美琴……ああっ」

いままでに感じたことのない快感の塊《かたまり》が細い管を通った。

腰が床から浮き、そそり立った肉棒が美琴の顔へと接近する。

僕のことを見ている美琴。その顔に勢いよく白濁液が飛んでいった。

快感の塊が、射精と同時に弾《はじ》け飛ぶ。

「んんんっ」

ほとんどすべての精液を、美琴がそのちいさな顔で受け止めた。

僕から目を離さない。

「はっ……はっ……はっ……」

あまりの快感と解放感に、僕の肺は空気を失っていた。

心拍数が異常にあがった心臓の鼓動が全身で響く。

体が二度軽く痙攣《けいれん》した。

「み、美琴……」

目に鼻にそして口にべっとりとついた精液が重力にも負けず、美琴の顔を汚している。

ふっ。と、美琴が口元を緩《ゆる》めた。驚くほどに純粋な微笑みだ。

「……ねえ、また、してほしい？」

「え……あ、ああ」

こんな快感があるなら、僕は美琴の奴隷になってしまうかもしれない。

「なら約束して……誰とも付き合わないって」

「え？　ど、どういうことだ……？」

「わたしも、誰とも付き合わないから……」

どんな意図でそんなことを言うのかは定かではない。

美琴は立ちあがるとティッシュを手にして顔を拭《ふ》いた。

そのティッシュをゴミ箱に入れると狭い部屋を横断した。

扉まで行き、鍵《かぎ》をはずす。ドアノブをまわした。

廊下に出ることなく、足を止め、こちらに背をむけたまま告げる。

「約束、だからね……」

逃げるように美琴は部屋を出ていった。

廊下を去っていく足音と快感の余韻《よいん》だけを残していなくなった。


次の日の朝、僕は美琴と会った。

白のワンピースの制服を着てお嬢様学校へと通う美琴は、昨日のジャージ姿の美琴とは違う人間のようだった。

「お、おう、美琴」

「おはよう」

それだけを言い交わし、駅まで二人とも黙って自転車をこいだ。

乗る電車が反対のため、改札を抜けたところで別れた。

「じゃあな」

「うん」

いつもの朝だ。

待ち合わせをするわけではないが、美琴と一緒に駅まで来ることはたまにある。時間が合えば今日のように一緒に駅まで行くのだ。

そのとき会話が弾《はず》んだためしはない。ひとつは、二人ともに朝が弱いことがある。

そしてほとんど毎日会っているため、朝にわざわざ会話をする必要がないのだ。

昨日は異様なことがあった。

しかしそれでも日常はつづいていくようだった。

授業中には、やはり来栖《くるす》と何度も目が合った。

来栖がみんなに囲まれて談笑しているとき、先生に指名されて立つ瞬間、体育のバスケットで見事なシュートを決めてみんなと喜びを分かち合っているとき、事あるごとに僕と来栖は目線を送り合っていた。

放課後になり、トイレから教室にもどる途中で来栖とすれ違った。

「ちょっと」

「ん？」

来栖は一人だった。さすがにトイレに行くときはとりまきを置いてくるらしい。

足を止めた僕と一定の距離をおいて、来栖が独り言のようにつぶやく。

「見すぎだよ」

「え？」

「ほ、ほら、授業中とか体育のときとかさ……」

すごく恥ずかしいことを指摘された。

僕は自分の顔が赤くなるのがわかった。

「ご、ごめん……」

「イヤとかそういうんじゃないんだよ？」

来栖は僕と目を合わせない。

「でも困るんだよな」

「そうだよな……気を付ける」

「うん……わたしもさ、奥谷《おくたに》くんが見てるんじゃないかって、いちいち気にしちゃうから……」

照れたように来栖も顔を赤らめた。

「それで、わたしのこと見てなかったとき、ガッカリとかしちゃうから」

「あ、ああ」

そういうことか。

「だから、ちょっと目を合わすのさ……」

「やめるか？」

首をふると来栖が僕の目を見た。

「やめない！　でも、少なくはしよ？」

完全にやめる気はないらしい。

このままではますます目を合わす頻度《ひんど》は多くなりそうだった。

18

僕は城田《しろた》との待ち合わせ場所にいた。

まだ時間は早い。待ち合わせの十分前だ。

端詰《はしづめ》高校の最寄《もよ》り駅である一倉《いちくら》駅から、うちとは反対方向に三駅行った駅。

そこが、城田が待ち合わせ場所に指定した駅だった。

奥梨《おくなし》駅という名で、かなりちいさな駅だ。

ロータリーにある時計台の前に僕はいる。タクシーもなく、老人が一人、ベンチに座ってバスを待っているだけだった。

端詰高校の生徒が何人か通ったことには通った。

しかし同じ学校の制服を着ているというのに、僕を気にするそぶりすらなかった。

友達に僕から勉強を教えてもらうことを知られたくない城田。

勉強する場所に自分の家を指定してきた。

だからこの奥梨駅が城田の家からの最寄り駅なのだろう。

待ち合わせ時間の五分前。ロータリーに一台の軽トラックがやってきた。

運転席にはサングラスをかけたスキンヘッドの男が乗っている。

その運転手が僕のほうへむかって軽く手をあげた。

「え？」

あたりを見るが、僕の他に人はいない。しかたなく警戒しながらもちかづいていく。

手動で窓をさげると、スキンヘッドの男がサングラスをとった。

人のよさそうなつぶらな目が現れた。

二十五歳くらいだろう。日によく焼けていて鼻の先に大きなホクロがあった。

「四葉《よつば》の友達か」

「あ……え、ええ」

「そうか、乗れ」

助手席のドアをあけるスキンヘッド。

僕が警戒しているとその人は笑った。

「ははは！　そう怖がるな！　俺は四葉の兄だ。一郎《いちろう》だ、よろしく」

「は、はあ……奥谷幸明《おくたにこうめい》です。迎えに来たってことですか？」

「そうだよ。四葉に言われてきたんだ、さあ、乗った乗った」

僕は助手席に乗った。兄が迎えに来るならそう連絡しておいてほしかった。

「四葉が友達を家に呼ぶなんて、いつぶりだろうな……」

車を発車させると一郎さんがつぶやいた。

サングラスをしなおし、商店がぽつぽつと並ぶ二車線道路を走る。

「あ、あの……四葉さんは？」

「あいつはもう家にいるよ。自転車をかっ飛ばして帰ってきたよ。それで帰ってくるなり俺にあんたを迎えに行けって。どういうことだ？」

一緒にいるところを誰かに見られないための処置だろう。

「どうして自分で行かないんだってきいたら、いろいろ準備があるんだって怒られちまったよ。まあ、歩くとなると結構遠いのもあるしな」

トラックは五分ほどで田んぼ道に入った。そしてすぐに止まった。

「はい、これがうちだ。ようこそ」

一郎さんがトラックからおりて僕を先導してくれた。

田んぼを前にして、二階建ての巨大な家が建っていた。前庭がひろく、そこにトラックを駐車することができる。家の背後には小高い丘があり、木々が茂っていた。どこか、外界から隔離されたような家だった。

「うちは農家なんだよ……このあたりの田んぼは全部、うちの」

呆《ほう》けていた僕に一郎さんが得意げに説明してくれた。そして庭に建てられた小屋の前まで行くと足を止めた。

「俺はまだ仕事があるから。四葉は家にいる」

僕は小屋に入っていく一郎さんにお邪魔しますと告げた。

そして屋敷と言っていい城田家の玄関へとむかった。

チャイムを鳴らす。それと同時に扉が開いた。

「おお！」

目の前には、一郎さんが立っていた。

そんなわけはないので、双子の兄弟だろうか。

「よう」

人懐《ひとなつ》っこそうな笑顔を僕にむけ、一郎さん二号が笑った。

一郎さんにそっくりだが、鼻の先にホクロはなかった。

「えっと……」

「おまえが四葉の彼氏か！　なるほど貧弱そうな男だ！　俺は認めん！」

なんだ、この人。

「にぃに！　やめて！」

城田の声がしたと思うと、一郎さん二号が前のめりに僕へと突進してきた。

慌《あわ》ててよけると一郎さん二号が庭へと転がっていく。

「ごめんね、あれは次郎《じろう》。わたしのおにいちゃん」

玄関に城田がいた。自分の兄貴を蹴飛ばしたらしい。

城田は空手家が技を終えたあとのように足をひろげて拳《こぶし》を構えていた。

制服ではなく大き目な白いTシャツに短パンと、かなりラフな格好をしている。

「さっき迎えに行ったのがいちにぃ。いちにぃと、にぃには双子」

いちにぃが一郎さんで、にぃにが次郎さんのことだろう。

「そうなのだ！」

転がっていた次郎さんが勢いよく立ちあがった。

「一郎よりも五分遅く生まれただけで、次郎って名前になっちまった！」

「にぃに、早く行かないといちにぃが怒るよ？」

城田が呆れたように次郎さんを見た。

「四葉の彼氏が見られたからな、仕事にもどるさ！　はははははは」

大声で笑いながら次郎さんは庭にある小屋へ歩いていく。

「だから彼氏じゃないってば！」

城田が次郎さんにむかって叫んだ。

僕は城田にむきなおると、尋《たず》ねた。

「お兄さんはもう一人いるのか？」

「え？　ああ、そうそう、みつにぃがいる」

「みつにぃ？」

「うん、三彦《みつひこ》だからみつにぃ」

「そうか……一郎、次郎、三彦、四葉か……大家族で賑《にぎ》やかそうだな」

そんな感想を述べると、城田が首をすくめた。

「うるさいだけだよ……さ、入って」

と、家の中へと入った。

スリッパを用意してくれて、それを履《は》いた。

家の中は外から見たとおり、ひろかった。

城田は一階にある広間のような場所に案内してくれた。

畳の部屋で、十二畳はあるだろう。

真ん中に四角い巨大な座卓。

その座卓を挟むように座布団が二つ向かい合う形で置かれている。

籠《かご》に入ったスナック菓子もあった。

「座ってて。飲み物持ってくるから」

「あ、ああ……ありがとう」

ぱたぱたとスリッパの音を立てて城田がいなくなった。

僕は荷物を置くと座布団に座った。

勉強できるように筆記具一式を卓の上に出す。

この部屋には巨大な窓があり庭が見えた。

ちょうど小屋からタオルを頭に巻いた一郎さんと次郎さんが出てきた。

そして二人仲良さそうにトラックに乗って、田んぼのほうへと去っていく。

「親は?」

ペットボトルのお茶とコップを持ってきた城田に尋ねた。

「田んぼか畑でしょ。みつにぃは全寮制の学校に入ってるからいないよ」

そう言いながら城田が僕の向かいに座った。そしてコップにお茶を入れて僕に渡す。

前かがみになったことで、緩《ゆる》いTシャツの胸元からブラジャーが見えた。

制服のときは気付かなったが、城田はけっこう胸がある。

そして日焼けした肌と違ってブラジャーに包まれた胸は白かった。

「どうしたの?」

ドキドキしている僕を見て、城田が尋ねる。

「いや……えっと……数学だよな」

慌てながら僕は鞄から数学の教科書をとりだした。

19

中間試験のため、試験の範囲となっている箇所は少ない。

数学はとくに少なく、要領よくやれば平均点はとれる。

「じゃあ、ここは？」

と、先ほどから城田《しろた》と僕は真剣に勉強をしていた。

僕は古典の勉強をしていた。ときおり城田が数学のことで僕に尋《たず》ねてくる。

「ああ……それは捨てろ。僕にもよくわからない」

「捨てろって……でも、悔しい」

城田は別に勉強ができないわけではない。むしろ僕なんかよりはできる。

問題はその負けず嫌いな性格にあるようだった。

数学で一カ所つまずくと、それが解けるまで時間をかけてしまうのだ。

「悔しいって……今回の目的は満点じゃないんだろ？」

「そうだよ、だけどさ……」

「効率よくやって赤点だけ回避すればいいんだよ」

「えぇ」

非難するような目で僕を見る城田。シャーペンを右手でくるくるとまわして不満そうだ。

「勉強教えてもらう人、間違えたかも」

「いまさらかよ」

「だってぇ」

そんな感じで文句を言いながらも城田は勉強をつづける。

もともと集中力はあるほうで、一度コツを掴めば苦手な数学も案外とできる。

気になるのは、僕へと質問するときに前かがみになることだ。

そのたびに緩《ゆる》いTシャツの胸元からブラジャーが見える。

ふくよかな白い胸に、僕の心臓は高鳴りっぱなしだ。

「あ」

と、一時間くらい経《た》ったときだった。僕は庭を横切る二匹の猫を発見した。

ふりかえった城田が、ああとつぶやいた。

「昨日、写真を見せた、ゴンゾウとアライさんだよ」

「ゴンゾウとアライさん?」

「そう。黒いのがゴンゾウで、茶色のがアライさん」

なんてネーミングセンスだろうか。

ゴンゾウのほうは呼び捨てなのに、どうしてアライさんのほうはさん付けなんだ。

それに片方は名前で、片方は苗字ではないか。

統一性というものがまるでない。

城田が四つん這《ば》いで窓のほうへ移動した。

ひきしまったお尻が僕のほうをむく。

ほどよくついた筋肉と触り心地がよさそうな肌。

「ゴンゾウ！　アライさん！」

窓をあけると四つん這いのまま城田が猫を呼んだ。

猫は顔をこちらにむけたが、すぐに興味を失ったようにどこかへといなくなる。

「あの、不愛想な感じがいいんだよね」

城田が窓をしめて座りなおす。僕を見て首をかしげた。

「どうしたの？　顔が真っ赤だけど」

おそらく城田の素敵なお尻を見たせいだろう。

股間《こかん》もドクドクいっている。

「あ、いや……なんでもない」

「そうだ！　奥谷《おくたに》の家も猫がいるんだよね、写真とかないの？」

飼ってない。だから写真もない。

返事に困った。

「えっと……」

「見せてよ！」

と、四つん這いで城田が僕のいるほうへとやってくる。

ブラジャーが見える。いや、ブラジャーだけじゃない。

城田のTシャツの緩い襟《えり》からは、ヘソまで見えていた。

「あ、えっと……」

僕は逃げようとしたが、Tシャツの中から目が離せなかった。

「ほら、早く！」

「いや、写真はないんだよ」

すぐちかくまでやってきた城田に僕は告げた。

疑うように城田が僕の顔をのぞきこむ。

ちかい。どうしてこんなにも無防備なんだ。

考えてみれば城田は三人の男兄弟と一緒に育ったのだ。この無防備さはその生活環境に起因しているのだろうか。

「猫飼ってて、写真を撮ってないの？」

「あ、ああ……」

「そんなわけないじゃん！　隠さないでちょっと見せてよ」

ぐいぐいと城田が迫ってくる。

ポケットに入っていると思ったのか、手をポケットへと伸ばしてくる。

片方にないとわかると、その手を反対側のポケットへとうつす。

僕は逃げるように体をのけぞらせるが、城田がさらにちかづく。

顔のすぐ下に城田の頭があって、いい匂《にお》いがした。

目線をさげればTシャツの中が見放題だ。

ブラジャーの隙間《すきま》からわずかだが桃色の乳輪も見えた。乳首も見えそうだ。

そのときだった。ほとんど押し倒されるように僕は城田に追突された。

「おい！　やめろ」

畳に仰向けにされ、軽く後頭部を床にぶつける。僕は顔をあげ、城田を睨《にら》んだ。

子供っぽい笑みを浮かべて城田が口を開く。

「さあ、見せて！」

「やめろって、おい！　やめろ！」

城田の手がふたたびポケットへ伸びる。

勃起《ぼっき》はしていないが、ふとしたきっかけでチンコに触れたらバレる。

どうにか逃げなくてはダメだ。

僕は体を捻《ひね》ろうと力を入れた。

しかしそれを予想していたのであろう城田が肩を押して阻止《そし》する。

かなりの力があった。

驚いている僕に隙ができてしまった。日に焼けた城田の手がすかさずポケットへと伸びた。

「え……」

ポケットにむかう城田の手が止まる。

それは僕のチンコがある場所。

なにかが存在することに城田が気付く。

そう僕のチンコが存在していることに城田は気付いてしまったのだ。

城田が伸ばしていた手を勢いよく引っこめた。

「な、なななんで、あんた勃《た》ってるの!?」

城田はTシャツの襟を押さえると、僕から距離をとった。

「もしかして……ブラジャー……見てたの？」

見てた。

「そ、それで勃ったの？」

勃ってはいない。

通常時で僕のチンコはデカいのだ。

それを城田が勃起したと勘違いしただけだ。

しかし城田はまぶたを細くあけ、睨みつけてくる。

「ち、違う……」

かすれた声で弁明をこころみた。

「勃ってない」

「はあ？　そんなに大きくしててなに言ってんの？」

襟をたぐりよせ城田が眉をよせる。

「本当なんだ！　本当に勃ってない！」

今度は大きな声が出てしまった。懇願《こんがん》するような気持ちで僕は城田を見た。

「勃ってるわけじゃないんだ！　ただ、僕のチンコはデカいだけなんだ！」

沈黙が城田と僕のあいだを流れていった。

細かった目を見開き、城田が首をふった。

「いやいやいや！　だとしたらデカすぎるでしょ！」

「デカすぎるんだよ！」

「ええ？　なんでそんな嘘つくの⁉」

売り言葉に買い言葉だった。

そもそも勃起していたとしても城田が僕を責める理由はない。

あんな緩いTシャツを着ているのが悪いのだ。

「わ、わたしさ、兄貴がいるからわかるけど……あんなに大きくしておいて勃ってないっていうのは無理があるよ」

城田が頬を赤らめながら言う。

「わたしが処女だからって、そんな嘘は通じないって……ああ、どうしてブラジャー見たくらいで勃っちゃうかな？　勉強やめる？」

「やめない！」

僕は怒っていた。

このことに関して僕はまったく悪くない。

猫の写真を見ようと無理やりに迫ってきた城田が、僕を押し倒したのだ。

そして無理やりにポケットを探ろうとして、その手がチンコにあたった。

勘違いして勃起していると非難された。

たしかにブラジャーは見まくった。乳輪も見た。勃起だってしそうになった。

しかしそこは訓練のおかげで問題なかった。

それなのに。

それなのに城田は僕が勃起したと言う。

「勉強はやめる必要はない！　なぜなら僕は勃ってないから！」

「もう無理だって」

呆《あき》れたように城田が首をふった。

非難する雰囲気はなくなったが、どこか哀《あわ》れむような目で僕を見てくる。

我慢の限界だった。立ちあがると僕は城田にむかって告げていた。

「なら、見てみろよ！　ほんとうだから！　ほんとうに僕のチンコはデカいだけだから！」

そして勢いよく制服のズボンを脱いで、トランクスも脱いでいた。

猫が庭のほうで一度だけ鳴いたようだった。

20

膠着《こうちゃく》状態は数秒だった。

僕が冷静さをとりもどすのと庭にもどってくる軽トラックが見えたのが同時だった。

素早いうごきでトランクスとズボンをはくと、僕は正座した。

「……ごめん」

怖くて城田《しろた》のほうを見ることができない。

軽トラックから一郎《いちろう》さんと次郎《じろう》さんがおりて賑《にぎ》やかにはなしをしている。

「ほんとうだった……」

城田がぼそりとつぶやいた。

ゆっくりと城田を見ると、畳の一点を見つめてうごかない。口だけが機械人形のように開閉している。

「ほんとうに……ただデカいだけだった……」

「……忘れてほしい」

「それは無理……」

顔をあげ、城田が僕と目を合わせた。半開きにした口が可愛らしい。

「頭の中に焼き付いちゃったから……」

さらに顔を赤くしていく城田。

僕はなんて言っていいかわからずに、ただ城田と見つめ合っていた。

「うわっしょーい！」

玄関のほうから次郎さんの声がきこえてきた。

そのあとすぐに一郎さんの声がする。

「ただいま、だろ、バカ」

「ああ！　バカって言ったな！　俺のことバカって言ったな！」

足音を立てて、二人がリビングへとむかったのがわかった。

「えっと……」

城田がやっと声を発するが、その先が出ない。

ゆっくりと僕は立ちあがると荷物を手に持った。

「きょ、今日は……帰る……よ」

「そ、そうだね、それが、いいね……うん」

なにか大きな空気の塊《かたまり》を吐き出すと城田が早口に告げた。

ここからどうやって帰っていいかわからない。

しかし早くこの場所から去ったほうがいい気がした。

襖《ふすま》へとむけて足を一歩踏み出したときだ。

「たのも――――！」

勢いよく襖があき、スキンヘッドの男が立っていた。言動で次郎さんだとわかる。

「お？　なんだなんだ？　貧弱男、もうお帰りか？」

「あ、はい……お邪魔しました……」

イヤな予感があたった。次郎さんの横を通りすぎようとすると、太い腕でそれを制された。

「まあ、そう急ぐな彼氏」

「だから彼氏じゃないって！」

城田が噛みつく。

しかしそんなこと意に介さず次郎さんが告げる。

「うちの親ももう帰ってくる、挨拶《あいさつ》してけって」

「あ……」

僕が戸惑《とまど》っていると、城田が助け船を出してくれた。

「困ってるじゃん、にぃに、やめてよ！」

「四葉《よつば》、俺は別に彼氏を困らせるつもりはない」

「だから彼氏じゃないって！」

やっと立ちあがると、城田は次郎さんにちかづき、その体を押した。

僕が部屋から出られるようにしてくれた。

「なんだよ……」

と、次郎さんは不満そうだ。そしてつぶらな瞳で僕を見てくる。

「仲良くやろうぜ」

「今日はもういいの！　明日も来てくれるからお母さんたちにはそのときに会わせるから！」

必死な城田に次郎さんも引きさがった。

と、いうか明日も僕はここに来るらしい。

「そ、そういうことなので……今日は失礼します」

僕は玄関へとむかった。靴を履《は》き、まだ不満そうな次郎さんと城田に頭をさげて外に出た。

すでに日は落ちはじめ、暗くなろうとしていた。

さて、どうやって帰ったものか。

「待って」

庭を出たあたりでうしろから声がした。

ふりかえると自転車に乗った城田が追いかけてきていた。

Tシャツの上に水色のパーカを羽織っている。

「送ってく……」

「いや、いいよ」

城田が無言で首だけをふる。頑《かたく》なな意志を感じる。

しかたなく僕は受け入れた。

「わかった……ありがとう」

すこし沈黙を挟んでから城田が言った。

「乗って……うしろ」

「普通、反対じゃないのか?」

「なら、乗せて」

城田が自転車からおりた。そして自転車を僕に渡す。

サドルが高い気がしたが、僕はそのままままたがった。

「本当は軽トラで、いちにぃが送るって言ってくれたんだけど」

城田が荷台にまたがった。そしてゆっくりと僕の腰に手をまわしてくる。

「ちゃんと謝りたかったたし、わたしが送ることにした」

「僕のほうこそ謝らないと」

そうだ。僕は一瞬だとはいえ、チンコを露出《ろしゅつ》したのだ。

しかもそれを女の子に見せつけてしまった。

とんだ変態だ。

自転車をこぎはじめると、城田が腰にまわした腕の力をすこし強くした。

美琴《みこと》をうしろに乗せているときと違って柔らかい双丘《そうきゅう》を背中に感じる。

「いいのか？　こんなところ誰かに見られたらイヤだろう」

「大丈夫だよ……もうこの時間だし……それに人が少ない道を選んでいくから」

城田が指示するとおりに僕は自転車を走らせた。

たしかに来た時に通った道とは違っていた。田んぼ道が多く、人も少なかった。

「……ごめんなさい」

ぽつりと城田がつぶやく。

「わたしの勘違いでした……」

「いいよ。僕のほうこそ、悪かった……」

「明日からも勉強、お願いしていいかな？」

「僕でよければ」

自転車で走っている途中で日が隠れてしまった。

橙《だいだい》色だった空は、すでに深い闇へと沈もうとしている。

田舎だ。街灯は少ない。自転車のちいさなライトが心強く感じられる。

「傷ついた？」

「いや、デカいのが悪い……」

「そんなことないと思うけどな……」

妙な会話だ。どちらも具体的な名詞を出すことなくしゃべっている。

「大きいのって、自慢なんじゃないの？」

「……だけどデカすぎるといろいろ不便だ」

「ふうん……」

そしてまた沈黙。

駅にちかづいているはずなのに、光はどんどんと少なくなっていく。

僕が不安になりはじめたときだった。

腰にまわしていた城田の腕がゆっくりと下におりてくる。

ほんとうにゆっくりだ。初め僕の勘違いだと思ったほどだ。

しかし確実に城田の腕は下にむかっていた。

自転車を止めたほうがいいだろうか。しかしそうしなかった。したくなかった。

ただ僕は、真っすぐに自転車をこぎつづけた。

「次のところ左……」

城田が指示をした。

それと同時に城田の手が決定的にうごいた。

制服のズボンの上から僕のチンコに触れた。

はっ。城田が息を飲むのがわかった。改めて凶暴な肉棒の存在を実感したのだろう。

僕は急な刺激に耐えながら自転車をこぐ。

何事もなかったようにしていれば、さらに城田が触ってくれるような気がした。

城田の指が形を確かめるように僕のチンコを撫《な》でた。

布越しにほどよい刺激を受け、海綿体へと血液が集まりはじめる。

「あ、明日も……同じ時間に同じ場所でいいか?」

なにか違うはなしをしていないと、勃起《ぼっき》しそうだった。

「うん……」

返事をしながら城田がさらに僕のチンコを撫でる。

優しく、猫を愛《め》でるときのような手つきだ。

「一郎さんが迎えに来てくれるのか?」

「うん……」

「勉強は今日の途中からでいいよな?」

「うん……」

いきなり道が開けて灯《あか》りが多くなった。

駅前の商店街に出たのだ。

ぱっと城田の手が僕のチンコから離れた。

ここから駅までは僕にもわかる。

黙っている城田をうしろに乗せて駅前まで行った。

「帰り、気を付けろよ」

自転車をおりて城田に渡した。

城田は何事もなかったかのように返事をした。

「平気、帰りは明るいところ通ってくから」

「そうか」

「じゃ、また明日もよろしく」

そして僕を見送ることもなく自転車にまたがると城田は商店街を真っすぐと去っていった。

いまになって僕のチンコは勃起をはじめていた。

21

次の日は金曜日だった。

天気予報では曇りだったが、昼から雨がふってきた。

放課後になり城田《しろた》との約束どおりに僕は奥梨《おくなし》駅にむかった。

すると時計台の下に制服を着た城田がいた。

「あ……」

「ああ、奥谷」

昨日のことが一気に思い出される。

暗い田んぼ道、制服の上から僕のチンコを触った城田。

あの色っぽい手のうごきと背中に感じた双丘《そうきゅう》と生温かい息遣《いきづか》い。

すこし距離をとって僕は城田の横に立った。

城田の知り合いに二人でいるところを見られたら困るだろうと思ったのだ。

「今日はさ、ほら雨がふったから……」

二人ともロータリーに目をむけて他人を装《よそお》いながらも会話をした。

「ああ、それで一郎《いちろう》さんに迎えに来てもらうのか」

「そう……自転車は明日とりに来るつもり」

ちらりと城田を見る。衣替《ころもが》えの時期だが城田はワイシャツの上にパーカを着ていた。

たしかに今日はすこし肌寒い。

湿った髪が色っぽく、どこか遠くを見つめる城田からは大人の女を感じた。

「ねえ、わたしのことヤバいやつだって思った？」

「え？」

「昨日の帰り道さ……」

「ああ……思わなかった、別に……」

緊張をほぐすように城田が深呼吸した。

「はぁ……ならよかった……」

「でも、なんで……あんなこと？」

「それは」

城田が僕を見た。

眉の上に張りついた濡れた前髪。頰が朱に染まり、唇がわずかに震える。

「ねえ、わたしがどんな女でも変だと思わない？」

切羽詰《せっぱつ》まっている様子だった。

なにかひた隠しにしてきたものを暴露するようなそんな雰囲気が城田にはあった。

「思わない」

その自信はあった。

「なら……あとで、教えてあげる」

その後すぐに一郎さんがやってきた。

僕と城田を乗せて家へとむかう。

雨がふっているおかげで人通りは少なく、誰かに見られる心配はなかった。

家につくと城田の両親が次郎《じろう》さんと一緒に出迎えてくれた。

城田母も城田父もいい人で、よく笑った。

城田父に関しては一郎さんと次郎さんと同様にスキンヘッドであった。

「これから、出かけなきゃいけないからお構いできないけど」

人のよい笑みを浮かべて城田母がタオルを渡してくれた。

遠慮なくそれで体を拭《ふ》くと、僕は答えた。

「いえ……気にしないでください」

城田母は身長の低い、いかにも田畑で仕事をしている感じの素朴《そぼく》な人だった。

両親二人だけが出かけるのかと思ったが、一郎さんと次郎さんも出かけていった。

「なんの用だ？」

昨日と同じ部屋に入ると、僕は城田にきいた。

「ああ……隣町におじいちゃんの家があって、金曜日はそこでご飯を食べることになってるの」

「城田は行かなくていいのか？」

「いつもは、部活が終わってそのまま自転車で行くんだけど……今日は試験前だから」

そうして城田は着替えるということで部屋を出ていった。

僕が座布団に座ろうとしたら、先客がいた。

「あ、ゴンゾウ」

太った黒猫が気持ちよさそうに座布団に丸まっていた。

僕は起こさないようにゴンゾウの隣に座り、勉強道具をとりだした。

しばらくして城田がもどってきた。

「ちょっと、わたしの部屋に来て」

「ん？」

顔をあげ城田を見る。

城田は鼠《ねずみ》色のシャツとジーンズという格好だった。

シャツは長袖《ながそで》で、昨日よりもはるかに露出《ろしゅつ》が少ない。

しかしサイズがちいさめで体のラインを際立《きわだ》たせる。

「なんだよ?」

立ちあがりながら僕は尋《たず》ねた。

ゴンゾウが目を覚まし、体を伸ばした。

「さっき駅で言ったでしょ、教えてあげるって」

僕の返事をきかずに城田は部屋を出ていった。

慌《あわ》てて僕はそのうしろを追いかけた。

二階へとあがり、二つ目の部屋に城田が入っていく。

開きっぱなしの扉の前に立ち、僕は部屋をのぞいた。

「入って……」

六畳ほどの部屋だった。クリーム色のカーテンがかけられ、窓際《まどぎわ》にベッドがある。机はなく、大きな本棚が壁のひとつを完全に隠していた。

本棚の中身はそのぜんぶが漫画本だった。

「すげぇな……漫画が好きなんだな」

部屋に入り、僕は本棚を見渡した。

うしろからゴンゾウが城田の部屋へと入ってくる。

「少女漫画、少年漫画……ああ、これはまた古いな」

僕はあまり漫画に詳しくない。

だからここに置かれた漫画でも代表的なものしか知らなかった。

「これ……」

ベッドの脇に立っていた城田が声を発した。

ふりむくと城田は顔を真っ赤にし、目を伏せていた。手には薄い本を持っていて、それを僕に差し出している。

「……同人誌ってやつか？」

受けとり、題名を見る。

「『先輩とミダレタ関係』……これって……」

「そう、ＢＬってやつ」

表紙には美男子と美男子が裸で抱きしめ合っている。

片方はイジワルそうな目をしていて、もう片方はすこし子供っぽく困ったように笑っていた。

めくってみて、驚いた。そのほとんどが裸の男子と男子が交わっている場面なのだ。

あまり直視できず、僕はすぐにその本を閉じた。

「こういうのが好きってことか？」

「う、うん……」

ソフトボール部でピッチャーをやっているという城田だ。

真剣に部活に打ちこみ、勉強で悩む普通の女の子だと思っていた。

それが、漫画が好きというだけでも意外なのに、さらにＢＬに興味があった。

頭がついていかない。

「それ……中学からの友達が描いたもので、薦《すす》められて……」

顔を赤くしたまま城田がぽつりぽつりと告白する。

「はじめは拒絶してたんだけど……だんだんとハマっちゃって……」

「それで僕の……その……アレを？」

「ごめん……兄貴たちのを見て知ってはいたんだけど、昨日、奥谷のを見て……わたし我慢できなくて！」

できなくて！　で、顔をあげる城田。羞恥心《しゅうちしん》からか両頬が真っ赤だ。

鼻の先まで赤くし、瞳が潤《うる》んでいる。

「だ、だだだだだ、だから！」

と、城田が一歩僕へとちかづいてくる。

「だからさ！　もう一度、見せてくれないかな？」

「……え？　あ……いや……」

どう答えていいかわからなかった。

これで三人目だ。美琴《みこと》に見せろと言われ、来栖《くるす》に見せろと言われた。

二人には見せている。そしてうれしい反応をもらった。

なら、城田に見せてもいいような気がした。

「わか――」

「あ、すぐにじゃなくていいの！」

「はい？」

「わ、わたし頑張りたいからさ……赤点じゃなかったら、違うな……数学で平均点を超えたら、そのときに見せて……」

僕のチンコを見ることが勉強へのモチベーションになるのだろうか。

しかし目の前で顔を真っ赤にする城田は本気のようだった。服のズボンに隠れたチンコを見るかのように、股間《こかん》へと目線をうつす。

「わ、わかった……」

そう答えると、うれしそうに城田が破顔《はがん》した。

ゴンゾウが僕の足首へと顔をこすりつけてきた。

22

金曜日はそのまま城田《しろた》の家で勉強をした。
そして土日は二人とも家で勉強をすることになった。
わからない箇所があると城田から問い合わせのメッセージか電話がきた。
あっという間に月曜日になった。
二日間ある中間試験で数学は二日目に予定されている。
いまは初日の試験が終わったところだった。僕は阿鼻叫喚《あびきょうかん》の教室をあとにした。
手ごたえはあった。しかし今回も平均点だろう。
「奥谷《おくたに》くん」
と、廊下で声をかけられた。
ふりむくと、急いで教室から出てきたのだろう息を切らした来栖《くるす》がいた。
「ちょっと歩きながら」
なにかから逃げるように来栖が廊下を歩く。

僕は距離をとりながらもそのあとを追いかけた。

今日の来栖も怖いほどに美少女だった。

試験だから気合いを入れてきたのか、長い栗色の髪をひとつにまとめている。

白シャツに透けた白いキャミソールが眩《まぶ》しい。

「どうした？」

来栖がむかっているのは、下駄箱がある昇降口とは反対方向であった。

生徒の数はどんどんと減っていき、ついには誰もいなくなった。

そうなってやっと来栖は僕の質問に答えた。

「奥谷くん、けっこうマズいことになったかも」

速足で歩きながら来栖が口早に言う。

「わ、わたしたちさ、神社でちょっとエッチなことしたじゃない？」

「あ……」

何日も経《た》ってはいたが、つい昨日のことのように思い出される。

神社で、僕は来栖に自分のチンコを見せた。

そして来栖にしごかれ射精した。

階段をのぼっていく来栖。来栖がどこにむかっているかはわかった。

文化人類学研究部の部室だ。

「誰かに見られてたみたい」

「はあ？」

僕は階段の途中で足を止めてしまった。

それに気付いた来栖も足を止め、ふりかえる。

「しかも端詰《はしづめ》高校の生徒に見られたみたい……」

「な、なんで？　え？　誰に見られてたんだ？」

首をふる来栖。

階段の途中にある窓から入る太陽光。

それが逆光となって、来栖の黒いシルエットが浮かびあがる。

シルエットになった来栖のスタイルは完璧であった。

「わかんない。でも、今日……下駄箱にこれが」

来栖が差し出したのは一枚の写真だった。

階段をのぼり、僕は来栖から写真を受けとった。

そこにはピンボケしているものの、端詰高校の男女が映っているのが制服からわかる。

場所は神社。その裏。雑木林《ぞうきばやし》との狭間《はざま》。

来栖が僕の巨大なチンコを握ってしごいている場面だ。

「写真の裏……見て」

呆然《ぼうぜん》としている僕に来栖が言った。

ひっくり返してみると、そこには油性のマジックで文章が書かれていた。

『『データは消すつもりです。代わりに明日の放課後に屋上で会ってください』」

声に出して読んでみる。

なんてことになってしまったのだろう。

来栖の下駄箱に写真を入れたことや、屋上を会う場所に指定してきたところから、差出人は端詰高校の生徒なのだろう。

「どうしよう？」

再度歩き出す来栖が独り言のようにつぶやく。

黙って来栖についていきながら、僕はない知恵を必死でふりしぼった。

文化人類学研究部の部室につく。来栖が鍵《かぎ》をさしこんで扉をあけた。

「あれ？　鍵……」

「川内《かわうち》くんから借りたの」

部室の鍵を簡単にあずけてしまうあたり、川内は来栖の言いなりなのだろう。

一緒に部室に入った。来栖が扉をしめ鍵をかける。

ソファに座ろうとする来栖に僕は告げた。

「僕が行く……」

文面から察するに差出人は悪いやつではないらしい。

これを機会に来栖にちかづきたいのだろう。

まさか誰かに見られるとは思っていなかったが、起こってしまったことはしかたない。

「でも……わたしが行かなかったら……怒るんじゃない？」

ソファに腰をおろした来栖が見あげてくる。

たしかにそうだ。相手は来栖が来ると思っているのだ。

それがどこの馬の骨かもわからない、ただチンコがデカいだけの男がやってきたとなれば、怒る可能性は充分にあった。

「それで怒って、データを消してもらえなかったら……大変だよ……」

「なら二人で行こう……僕はどこかに隠れてるから……なにか危ないことになりそうだったら、出てくる。素直にデータを消してくれるなら、僕は出ていく必要はない」

「なんか……ごめんね」

顔を伏せて来栖が大きな溜息をついた。

「なんで来栖が謝るんだ？」

これは二人の問題だ。僕だけが被害者なわけでもない。

「だって……神社で……ああいうことをしようって言ったの、わたしだから……」

「断らなかったのは僕だ」

目が合った。
薄暗い文化人類学研究部の部室。
旧校舎と呼ばれる棟《とう》にあり、普段から生徒の往来《おうらい》は少ない。
沈黙という名の澱《おり》が部室に溜まっていく。
古いソファと埃《ほこり》をかぶった本棚。
カーテンの隙間《すきま》から入る一筋の光が、僕と来栖のあいだを横切っている。
部室という密室で空気は沈滞していき、時間とともに生温かいものになっていった。
「ねえ……」
と、来栖が髪を結んだゴムをはずした。はらりと長い髪が肩に落ちる。
「こういうところだったらさ……誰にも見られなかったよね」
「そ、そうだな……」
僕の喉《のど》はからからだ。粘りのつよい唾液《だえき》が口内に溢《あふ》れる。
手櫛《てぐし》で髪を整えながら来栖が僕を見た。
来栖の潤《うる》んだ目の奥に渦巻く女の性。
しなだれるように来栖がソファに背をあずけた。
あまりに蠱惑《こわく》的、あまりに扇情《せんじょう》的。
誘われている。そう直観できた。

僕はゆっくりと来栖へとちかづいた。そして手を伸ばし、来栖の髪に触れた。

来栖が目をつむり、すこしだけ顎《あご》をあげた。

腰を曲げ、僕は来栖の唇に自分の唇で触れた。

「んっ……」

二度目のキスは短いものだった。

唇を離す。照れたように来栖が笑った。

そしていま僕とキスしたばかりの唇をひらいて言った。

「朝にこの写真を見たときから……試験中ずっと……奥谷くんと二人きりになりたかった」

「なるだけでよかったのか？」

その質問に来栖は一瞬だけ眉を顰《ひそ》める。そしてすぐに勝ち誇ったような顔で僕を見た。

「わたしはそれでよかったけど？　奥谷くんはどうなの？」

来栖には勝てそうにない。苦笑してから僕はきいた。

「もう一度、キスしてもいいか？」

「……お好きに」

そう答えて来栖がちょっとだけ唇を尖《とが》らせた。

23

三度目のキスは情熱的だった。
貪《むさぼ》り合うように二人して唇を重ねた。
僕は来栖《くるす》の隣に座り、いつの間にかその体を抱きしめていた。
荒く鼻で呼吸しながら来栖も必死で僕の体へと腕をまわす。
鼻がぶつかり、歯と歯が何度もぶつかった。
しばらくすると慣れていき、二人の唇は一体化した。
唾液《だえき》と唾液が混ざり合う淫靡《いんび》な音が部室の中に響く。
「ん、くちゅ、んちゅ、ふあっ、ん、んあっ、ん」
すこし勇気が要《い》ったが、僕は自分の舌を伸ばした。
固くとじた来栖の唇を押しあけていく。
多少の抵抗ののち僅《わず》かに来栖が唇を開いた。
その隙間《すきま》を狙《ねら》って、一気に舌を差し入れた。

「んんんっ」

と、来栖がくぐもった驚きの声を出す。

それを無視して僕は来栖の舌を探した。

多量に分泌《ぶんぴつ》された唾液の海をかきわけ、どこかに隠れた来栖の舌を探す。

初めてのディープキスだ。

「んちゅ、あっ、いやっ、んっ、あっ」

喘《あえ》ぎながら来栖は僕からのキスに顔をのけぞらせる。

しかし逃がさない。ソファに寝転ぶ来栖に覆《おお》いかぶさって、僕はその唇を吸いつづけた。

来栖の口内を舌で蹂躙《じゅうりん》していく。

見つけた、ちいさな来栖の舌。執拗《しつよう》に追い回し、絡《から》めていく。

口そのものが性感帯になったかのように、体に快感が駆け巡る。

くらくらと意識が波を打ち、貧血にも似た体のダルさを感じた。

卑猥《ひわい》な音を二人で奏《かな》でながら、ただただキスに興じた。

「あ……奥谷《おくたに》くん……」

と、来栖が顔を横にそむけた。

自然、キスは終わり、気まずい沈黙が訪れる。

僕は来栖に馬乗りになっているのだ。

乱れた栗色の髪がソファの上にひろがっている。

芸術作品。誰もが賛美するであろう来栖の顔。

そしてそんな来栖の肉体の上に僕は乗っている。

「激しいよ……」

濡れた来栖の口元がいじらしく照っている。

「ごめん……」

多少冷静さをとりもどすと、僕は来栖の上から体をどかした。

ソファに座ると、言い訳のように告げた。

「来栖が……あまりにも魅力的だから……」

「わかってるよ、そんなこと」

不機嫌そうな口吻《こうふん》ではあった。しかしそこに僕への不愉快さは微塵《みじん》もなかった。

足をこちらに投げ出している来栖。スカートから伸びた二本の脚が眩《まぶ》しい。

学校指定の白い上履《うわば》き、そして紺色のソックス。

露出《ろしゅつ》した滑らかな太もも、そしてスカートに隠れたお尻。

思わず、手が伸びていた。ゆっくりと来栖の太ももを撫《な》でていた。

「ちょっと……」

怒ったように来栖が僕を睨《にら》む。

だが、逃げたり手で拒《こば》んだりはしなかった。

すこし足をとじただけだ。

「ごめん……」

謝りながら僕は手を太ももから離した。

そして宙に浮いた手をそのまま来栖の腹へとむけた。

シャツの上からその細い腹に触れる。

「なにしてんの?」

「いや……なんか……」

呼吸をすると、来栖の腹が上下する。

そのたびに僕は幸福に包まれた。

腹を撫でていると、くすぐったそうに来栖が身を捻《ひね》った。

スカートがめくれ、さらに太ももが露出する。

興奮で僕の指先は痺《しび》れていた。

神経は鋭敏なものとなり、腹を撫でれば撫でるほどに下半身へと血液が流れこむ。

「ねえ、なんで、お腹《なか》?」

「なんか気持ちいい……」

来栖が困ったように眉根をさげて笑った。

腹を撫でていた手をだんだんとその豊かな胸へとちかづけた。

「あぁ……」

と、笑っていた来栖の顔がすこし強張《こわば》る。

恐怖ではない。あえて表現するならば、その先になにがあるかわからないという焦燥《しょうそう》。このまま進んで、元の場所にもどってこられるか慮《おもんぱか》っている。

みぞおちを過ぎ、来栖の胸へ。まずは右胸へと手を這《は》わせる。

ちょっと触れただけなのにその柔らかさに驚く。

「んっ……」

固く唇をとじ、眉をよせる来栖。拒絶の雰囲気はない。

ただ、このまま触らせていいのだろうか。そんな迷いが見える。

来栖の中で答えが出る前に僕は、てのひらで胸を覆った。

「あっ」

そして揉《も》む。

柔らかい。柔らかい。柔らかい。

キャミソールの下にはもちろんブラジャーをしているだろう。

実際、固い布地とワイヤーの感触はあった。

それでも来栖の胸は柔らかく、指が沈みこんでいく。

ゆっくりと、だが決して思考の余裕を与えない程度の速度で揉んだ。

訓練をしてきた肉棒はあっさりと勃起《ぼっき》を開始している。

来栖は僕のほうを見ないように顔をそむけ遠くを見つめていた。

頬を赤らめ呼吸を荒くし、唇を噛みしめる。

眉をよせる力と肩に入った力が、どんどん強くなるようだった。

僕はもう片方の手で、今度は左胸を揉みにいった。

右胸と同様にその柔らかさに興奮する。

自分の脳内で快感物質が分泌《ぶんぴつ》されるのがはっきりと意識できた。

「あ……んっ……」

来栖の噛んだ唇のあいだから喘《あえ》ぎ声が漏《も》れる。

開いていた手を来栖が握った。

「来栖……」

きこえるかきこえないか程度の声で呼びかけた。

「んっ……？」

来栖に届いたらしい。横にむいていた顔を正面にもどすとわずかに首をかしげた。

「な、に……？　奥谷、くん……」

「脱がしていいか……？」

両胸を揉みながら僕は尋《たず》ねた。

「そんな……んっ……ことかないでよ……」

「でも……許可はとらないと」

「わかんないよ……あんっ」

また顔をそむけてしまった来栖。

迷った僕はとりあえずシャツのボタンを、ひとつだけはずしてみた。

すこし露出部分をひろげた首と、垣間《かいま》見えた鎖骨《さこつ》。

それだけなのに僕の手は震えていた。

目の前にいるのは完璧な美少女だ。会話ができただけでも手放しで喜んでいい相手。

そんな来栖のシャツを脱がそうとしている。

ボタンをはずしても来栖はなにも言わなかった。

いいのか。このまま脱がしていいのか。

迷いはあったが、止められるわけがなかった。

さらにひとつボタンをはずす。

来栖は拒まない。大きく肺に空気を入れるだけだ。

「いいんだな？」

再度きいてみた。

来栖の答えはさっきと同じだった。

「わかんない……」

三つの目のボタンをはずした瞬間に、僕は迷うことをやめた。

震える手で、どんどんとシャツのボタンをはずしていった。

24

すべてのボタンをはずし終えた。

「あ……恥ずかしい……かも」

顔を真っ赤にした来栖《くるす》がまぶたを強くとじる。

羞恥心《しゅうちしん》からか、細い体が小刻みに震えていた。

「大丈夫だよ……」

なにが大丈夫かはわからない。

しかし安心させるためにも僕は優しい口調でつぶやいた。

「すごくきれいだから……」

「んんっ……もっと恥ずかしいよ」

ボタンがはずされ、シャツの前面は開かれている。

白いキャミソールが出現し、薄い黄色のブラジャーが透けている。

ふくよかな双丘《そうきゅう》は重力に負けることなく、しっかりと膨《ふく》らみを保っていた。

呼吸と同期し、上下するその様にどうしようもなく勃起《ぼっき》する。

「ああ……来栖」

僕はキャミソールの上から来栖の胸を揉《も》んだ。

「ちょっ……んあっ」

肌ざわりのいいキャミソール。

そしてその下に隠れたブラジャーのレースとワイヤーの固さ。

指へと力を入れると、柔らかな胸は簡単に変形した。

「奥谷《おくたに》くん……もう、ダメ……恥ずかしすぎる」

目をつむったまま来栖が言葉を発する。

熱い息を多分に含んだその声に僕の全身は痺《しび》れた。

ダメと言われても手を止められなかった。

キャミソールの裾《すそ》をめくりあげていく。

「あ、待って……ねぇ」

と、来栖が手で制止しようとした。

しかしその力は弱く、僕の手を止めるには至らない。

来栖のヘソが顔を出した。ちいさく可愛らしいヘソだ。

露出《ろしゅつ》した来栖の腹を僕は無意識に撫《な》でていた。

来栖の肌はなめらかで触れるだけで幸福をくれる。

「ねぇ、ってば」

目をわずかに開いて来栖が僕を見ていた。

僕はそんな来栖に笑いかけてから言った。

「見たいんだ……」

「え?」

「来栖の……おっぱい……」

「あっ、ダメっ、ちょっと」

キャミソールを一気にめくりあげる。

来栖がとめる間を与えず、薄い布を首元まで脱がした。

露出した薄い黄色のブラジャー。レースの部分に黒い装飾がなされているが、全体的にはシンプルなデザイン。

「見ないで……ほんと、もうダメっ……」

両手を交差するようにして来栖が胸を隠した。

それによって両胸がよせられ、見事な谷間が現れる。

普段、日に当たることの少ないであろう来栖の隠されてきた肌。

無垢《むく》。そんな言葉が頭に浮かぶ。

誰の足跡もついていない真っ白な雪原のような来栖の胸元。

僕の心臓は痛いほどに締めつけられた。

こんなものに触れてしまったら僕はどうなってしまうのだろう。

そんな恐怖すらあった。簡単に僕の手で汚していいものではない。

「奥谷くん……？」

うごかなくなった僕を来栖が見る。

来栖の瞳が左右に振れた。

「ああ……」

可愛すぎる。どうして来栖はこんなにも完璧なのだろうか。

完璧であるがゆえに僕は来栖を汚すことをためらっている。

全人類が大切にしなくてはいけない。

僕のような人間が触ってはいけない。

「ねえ……どうかした？」

「来栖……」

僕は体をすこし来栖から離すとつぶやいた。

「僕は……自信がない」

「はい？」

完全にソファに座りなおすと僕は足元を見ながら告白した。

「来栖は僕とは違う世界の人間だ。なのに僕は……」

黙ったまま来栖はきいてくれている。

こんなどうしようもない僕の吐露《とろ》を黙ってきいているのだ。

その対応すらもいまの僕には辛《つら》い。

「こんな人間が来栖みたいな人と腹を割ってはなせただけでも、充分なのに……」

「あのさ」

すこし語気を強めて来栖が僕に声を投げる。

思わず僕は来栖を見た。真っ赤な顔のまま来栖が僕を睨《にら》んでいた。

「女の子をこんな格好にしておいて、急になに？」

「ああ……ごめん」

と、僕が来栖のキャミソールをもどそうと手を伸ばした。

しかしその手を来栖が拒《こば》んだ。

「なんでかな……なんで、こんな男がいいんだろう」

僕の手をはらうと、来栖が立ちあがった。

そして自分からシャツを脱ぎ捨て、キャミソールを脱いだ。

ブラジャーとスカートという破廉恥《はれんち》な格好で僕の前に立った。

完璧な造形をした来栖の肉体に僕は息を飲んだ。
この肉体を後世に残すために高名な彫刻家を紹介してほしい。
「すごい恥ずかしいんだけど……さ」
と、来栖は言いながら手をうしろにまわした。
そしてブラジャーのホックをはずす。
胸が解放され、本来の大きさをとりもどした。
「ああ……」
本当に欠陥がなかった。
豊満な胸はブラジャーを失ってもなお形を崩す気配もない。
桃色の乳輪に囲まれた赤っぽい乳頭は遠慮気味に上をむいている。
薄暗かった部室が華やいだようであった。
沈殿していた空気が、来栖の胸を中心として対流しはじめる。
「奥谷くん……わたしはね、君のことが好きだよ」
神々《こうごう》しくすらあった。
すごいことを言われたような気がするが、僕の耳にはほとんど届かない。
目の前の光景にすべてが集中してしまっている。
胸を露出した来栖は目を見開き、僕をしっかりと見ていた。

そして羞恥心と必死に戦っているのだろう。

さらに顔を赤くして告げる。

「五月に転校してきた初日、みんながわたしをすこしでも見ようとする中で、君だけは顔をそむけてた」

「あ……ああ」

どうにか返事をしていた。

たしかにそのとおりだった。僕は来栖と関《かか》わることを避けようとした。

違う世界の住人がやってきた。自分が好意を抱いても痛い目を見るだけだ。

そう思ったのだ。いや、いまも思っている。

「そんな人、初めてだった……」

美しき胸を僕に見せつけるように来栖が背筋を伸ばした。

「はなしかけてこないし、それどころか目も合わせようとしなかった……どうしてかわからなかった……嫌われることをした覚えも、転校したばかりでないし」

「あ……そ……それは」

なにか言い訳をしようとするが、僕は声を発することができない。

上半身を露出した来栖から目が離せず、喉《のど》がしめつけられるようだ。

「意識したらもうわたしの負け。文化人類学研究部に入部して、君をちょっとでも知ろうと思

った……そしてはなしかけた……」

あの帰り道。

来栖が急にはなしかけてきた。

そして秘密の共有をした。

すべてはそこからはじまった。

「神社でのことがあって……それではっきりとわかった……ああ、わたしは奥谷くんのことが好きなんだって……」

「そ、そんな」

やっと出た言葉は自分を卑下《ひげ》するものだった。

「僕なんかを……」

それがどんなに情けないものなのかわかっている。

だが、言わずにはいられなかった。

「どうして来栖が僕なんかを……」

「わかんないよ！　わたしも、なんで君を、君なんかを好きになったのかは！」

「…………」

「もっとかっこよくて、もっと男らしくて、もっとわたしを守ってくれる人を好きになると思ってた！」

「…………」

「自分でも驚いてるんだよ！」

来栖がソファに座る僕にちかづいてきた。

そして両手をひろげると僕の頭を包みこむようにして抱きしめてきた。

「だけど好きなもんは好きだから……それを認めないといけないいなって」

「あぁ……」

僕の顔は来栖の胸へと吸いこまれた。

そしてその乳首を口に入れた。

25

「ああんっ」

来栖《くるす》が喘《あえ》ぐ。

僕は来栖の胸に顔を押しつけ、口には乳首をふくんでいた。

唇で挟むようにしてその蕾《つぼみ》を味わう。

固さを増していく乳首に僕の頭は真っ白になっていった。

柔らかい肉にうもれた顔は温かい幸福に包まれていく。

「奥谷《おくたに》くん、奥谷くん」

愛《いと》おしそうに声をあげ、来栖が僕の頭を撫《な》でた。

その頭を撫でる来栖の指一本一本にも意識を集中して僕は幸福を噛みしめた。

来栖が感じている。体をびくびくと震わせて感じているのだ。

「んっ……あっ……んんんっ」

夢中だった。

来栖の乳首を吸う。

そして舐《な》めた。

「あんっ」

固くなった乳首に僕は何度も舌を往復させた。

そのたびに来栖は体をびくつかせ、全身で感じていることを表現する。

僕は来栖のことを抱きしめていた。

手を背中に這《は》わせ、気持ちを高揚させていく。

そしてゆっくりと下半身へと手を移動させていった。

「んっ、あんっ、ちっ、先っぽっ、んんんっ」

僕の舌で来栖が感じている。そう思うと充足感で満たされていく。

あまりのことに脳が考えることを拒否しはじめた。

肉棒がトランクスの下で痛いほどに勃起《ぼっき》している。

僕の手が来栖のお尻をとらえた。

スカートの上からだったが、そのひきしまったお尻に感動を覚える。

「奥谷くんっ」

叫ぶように来栖が喘ぐ。何度も僕の名前を呼び、そして体を密着させてくる。

「奥谷くん、奥谷くん」

胸の中に沈み、呼吸が苦しかった。

しかしそんなこと気にする余裕はなかった。

ただ口の中にある来栖の乳首を舐めつづけた。

ただ必死に来栖のお尻を摑み、揉《も》みつづけた。

吸いつくような肉感のある来栖のお尻。

僕はスカートの中へと手を侵入させた。

「あ、待って……んんんっ」

来栖が手で拒《こば》んできたが、僕はやめなかった。

ショーツの感触があった。大事なところを守るにはあまりにも心もとない一枚の薄い布。

この湿りは僕の手が汗をかいているからだろうか。

それとも来栖の体から外へと出てきたものなのだろうか。

「奥谷くんっ……これ以上は……」

「イヤか？」

乳首を口から離し、僕は上目遣《づか》いで来栖を見た。

見おろす来栖がどこか悔しそうに下唇を嚙んだ。

「イヤじゃないけど……でも……」

「イヤじゃないなら」

と、僕は今度は反対の胸に顔をうずめた。
すぐに乳首を見つけるとそれを口にふくむ。
「ふあっ、激しいっ」
驚きと喘ぎの混ざった声が来栖から放たれる。
反対の乳首はまだ育ちきっていなかった。
だが、すぐに大きさを増し、固くなっていく。
そんな敏感な乳首を僕は舐めた。
ちゅぷちゅぷ。と、わざと音を立てるくらいの余裕は出てきていた。
手はショーツの上から来栖のお尻を揉みつづけている。
どんどんショーツは食いこんでいき、生の感触をてのひらで感じる。
ソファに座ったまま来栖の乳首を舐め、お尻を撫でる。
そんな夢のような時間を楽しんで、しばらくしてだった。
「ん、あんっ、ふっ、んあっ」
と、来栖の喘ぎ声に変化があった。
意味をなさない艶《つや》のある声だけが連続で発せられるようになった。
見てみると来栖は目をつむっていた。
全身を使って僕から受ける刺激を享受《きょうじゅ》しているようだった。

「なあ、来栖……」

僕は立ちあがった。

「んあ？」

蕩《とろ》けた目で来栖が僕を見る。

僕は来栖の肩に触れた。そしてそのまま軽くソファへと押す。

軽く押しただけなのに来栖は簡単にソファへと腰を沈めた。

「あっ……な、なに？」

「来栖……やっぱり僕のことが好きか？」

「え？　うん……好きだけど……」

不思議そうに僕を見る来栖。

来栖は正直に僕へと気持ちを伝えてくれた。

ならば僕のほうも真摯《しんし》な態度でのぞむべきだ。

「僕は……来栖の恋人になれるほどいい男じゃない」

「……そうかもね」

呆《あき》れたように来栖が微笑んだ。

僕は制服のズボンからベルトをはずし、そしてトランクスと一緒に脱いだ。

「なんで脱ぐの？」

「さっきの来栖と立場を逆にしたんだ」

これに意味がないのは自分が一番わかっている。

しかし誠意には誠意で応《こた》えたかった。

そそり立つ肉棒は天井をむいていた。期待から限界まで膨《ふく》らんでいる。

先からは透明な液が溢《あふ》れ出す。

「奥谷くんって……バカだよね？」

「それは否定しない。でも、ちゃんと応えたいから」

「わかった……じゃあ、どうぞ」

わずかに首肯《しゅこう》すると来栖が僕を見る。

意を決してから僕は気持ちを伝えた。

「正直、恋愛感情というものが僕にはよくわからない」

「……そうなんだ」

目の前に出現した怪物のような肉棒に来栖は目を奪われつつある。

「来栖の隣に自分がいてもいいんだ、そう思えるくらい自信を持てるようになったら、来栖のことをちゃんと好きになれると思う」

「うん……」

「だけど……いまの僕……」

一歩、前に足を進めて来栖の顔に肉棒をちかづけた。

「ごめん……最低だな」

僕の息子をじっと見つめながら来栖が答えた。

「もう。ほんと最低だよ……わたしを振るなんて……前代未聞《みもん》」

「振ったわけじゃない」

「わかってるよ。わたしと釣り合う男になれるよう、頑張るんだよね?」

「そ、そういうことだ」

にっこりと笑うと来栖が肉幹を握った。

「来栖!?」

「だけど……わたしさ……そうなる前にも……奥谷くんとこういうことしたいかも」

「え?」

「だって、わたしも年頃の女の子だよ?」

来栖がゆっくりと肉棒をしごきはじめた。

一気に快感がのぼりつめる。

頭の芯《しん》が痺《しび》れて腰が砕けた。

「奥谷くんが、わたしと釣り合うようになるまで待ってろっていうの?」

「ああっ、来栖、気持ちいいいっ」

「もしも奥谷くんが相手してくれないなら……他の人としちゃうかもよ？」

「ああっ、ああ、それは……」

「なら……ね？」

色っぽい表情を浮かべて来栖がちいさな舌を出した。

そして口を全開にすると目の前にある肉棒をぱっくりと咥《くわ》えた。

「はむっ……くちゅ、ちゅぷ、あむっ、んっ、んぷっ」

26

来栖《くるす》は完璧な美少女だ。

澄んだその瞳に見つめられただけで心臓を鷲摑《わしづか》みにされるだろう。

潤《うるお》いを失うことのない唇はぷっくりと膨《ふく》れ、笑ったときにできる笑窪《えくぼ》は愛くるしい。

長い栗色の髪は一本一本が細く、手で触れると零《こぼ》れ落ちていく。

儚《はかな》い雰囲気があるのに、それでいて活力に満ちた動作。

同じ空気を吸っただけで生きる意味をとりもどし、こんな人生も悪くないと思えてしまう。

そんな完璧な美少女の来栖がいま、僕の肉棒へとしゃぶりついていた。

「んぐっ、ん、あぐっ、んちゅ、ぷちゅ、んなっ」

僕のチンコがデカいために来栖が口にふくんでいるのは亀頭の部分だけだ。

しかしそれでも、受ける快感は尋常《じんじょう》ではなかった。

来栖の口内にある唾液《だえき》そのものに快感物質が含まれているのかと思うほどだ。

しかも来栖は現在、上半身になにも着ていない。

口をうごかすたびに巨大な双丘《そうきゅう》が揺れる。揺れる。

「んんっ、んっ、ほむっ、んちゃ、くなっ、ん、あむっ」

「ああ……来栖、気持ちいぃよ」

亀頭を覆《おお》う柔らかい来栖の唇。

僕のほうをチラリと見ると、一瞬だけ笑い、来栖は亀頭を口に入れつづけた。

ぐちゅぐちゅ。と、口内にある唾液をかき混ぜる音がする。

亀頭に唾液の波がぶつかり規則性のない快感に脳が混乱した。

「んあっ……ん、奥谷《おくたに》くんの大きいから……これが限界……」

口を亀頭から離し、来栖が眉をよせる。

攻略が難しいゲームをしているような顔で僕を見た。

「わたしさ、口がちいさいから……」

「充分、気持ちいいよ」

「ならいいけど……」

僕の息子が吐き出していた透明な液が来栖の口元についていた。

それをぺろりと舐《な》めると、来栖が首をかしげる。

「もっとする?」

「……く、咥《くわ》えるのが辛《つら》かったら、舐めてくれ」

「ああ……その手があったか」

唾液を飲みこむと来栖が微笑んだ。

そして僕の肉棒を握り、うごかないように固定。

顔をちかづけ、キスをするように肉幹を舐めはじめる。

細かい快感がびりびりと全身をのぼってきた。

卑猥《ひわい》な音が響き、耳の奥がじんわりと熱くなっていく。

「んちゅ、ちゅ、くちゅ、ちゅぷ……んっ、んちゅ」

亀頭を舐め、皮との境目を舐める。

大きなスティックアイスを味わうように丁寧《ていねい》にねっとりとしたうごき。

途中、唇で肉幹を横から噛んだり、握った指で撫《な》でたりしてくる。

僕は我慢できず、ソファに座った来栖の胸に手を伸ばしていた。

そしてその質量のある胸を優しく揉《も》んだ。

「あんっ、ちゅぷんっ、ん、あむっ、ああんっ、んくっ、んなっ、はんっ、ん」

僕の手は柔らかな胸の感触を受け、じんわりと痺《しび》れていた。

肉棒は限界まで膨れ、来栖からのキスを全身で喜んでいる。

「来栖……ああ、来栖……」

「んちゅぷ、んあんっ、ぅうんっ、なぁ、くちゅ、ふぷんっ、くちゃ」

「気持ちよすぎる……気持ちいい」

「はむ、ちゅ、ちゅ、奥谷くん……？」

唇を離し、来栖が僕を見る。

胸を僕に揉まれたまま、来栖がなにかを乞《こ》うように僕を見ている。

「どうした……？」

「わ、わたし……ね……」

と、来栖が熱い息と一緒に声を発する。

肉棒を握っていないほうの手をスカートへとちかづける来栖。

「その……」

スカートへとちかづけた手は、ちょうど来栖の恥部が隠された部分で止まる。

そしてぎゅっと来栖がスカートを握った。

前かがみになると胸を揉んでいる僕の腕に顔をぶつけてつぶやいた。

「わたしのも……」

「触ってほしいのか？」

きくと、来栖の体がぴくりと反応する。

おしっこを我慢しているかのように、スカートを握った手を股間《こかん》に押しあてる。

そして目をつむると、わずかにうなずいた。

僕はゆっくりと来栖をソファに寝かした。
自分は来栖の足元に正座する。そしてスカートの中へと手を入れた。
ショーツに手をかける。来栖は横をむき、なにも言わない。
涙が流れるほどに目を潤《うる》ませ、遠くを見ている。
大きく胸が上下している。息があがっているのだ。
「スカートは……めくらないで……」
ショーツを脱がそうとすると、来栖がすこしだけ腰を浮かして言った。
簡単にショーツは脱げ、僕の右手に握られる。
ブラジャーとセットであろう薄い黄色をしたショーツ。
レースで装飾がなされていて可愛らしい。
湯気は出ていないのに、それくらい温まっているように感じた。
そのショーツをソファに置くと、僕はスカートの中へと再び手を入れた。
言われたとおり、スカートはめくらなかった。
「はぁ……」
重い溜息を漏《も》らす来栖。
やはり来栖は知らない道で迷っているような顔をしている。
どうすればいいのかわからない。

このまま進んでいいのか。

それとも引きかえすべきなのか。

そんな迷いが来栖の表情にはあった。

僕は来栖の太ももに触れた。

そしてなめらかなその太ももの先へと手を進める。

スカートを握ったままの来栖。

こっちを見ようとしないでただなにかを待っている。

「来栖……すこし、足を開いてくれ」

「でも」

「触ってほしいんだろう?」

「そうだけど……」

来栖が大きく肩で息をした。

「そうだけど……なんか怖いかも」

「優しく触るから……」

「んんっ……もう……はい……」

ゆっくりと、そしてすこしだけ来栖が足を開いた。

僕はわざと来栖の太ももに触れながら、奥へと手を進めた。

「あぁんっ」

来栖が体をびくつかせた。

驚いたように僕のほうを見る。

目を見開き、口を半開きにしている。

「いまのなに?」

「え?　ちょっとだけ触った……と思う」

「ほんとにちょっとだけ?」

「あ、ああ……」

一瞬だけだったが、僕はたしかに来栖の陰部に触れたようだ。

スカートの中でおこなわれていることで、目で見たわけではない。

しかしスカートの奥へと侵入させた右手の人差し指は、さらさらとした液体で濡れていた。

「すごい……感じちゃう……」

目をぱちくりさせて来栖が僕を見ていた。

27

スカートの中へと再度、手を進めていく。

来栖《くるす》は眉をよせて天井を見ていた。

くちゅ。触れた。来栖の陰部に僕の人差し指が、たしかに触れた。

「んあぁんっ」

きゅっ。と、来栖が足をとじながら声をあげる。

そして僕を見ると首をふった。

「待って……これは、ちょっと感じすぎてるかも……」

「触れてほしいって……」

「そうだけど」

すこし焦《あせ》ったように来栖が体を起こした。

そして自分の髪を撫《な》でつけながら言う。

「そうだけど……ちょっと触られただけで、体が変な感じになるの」

「したことないのか？」

「え？　ないよ」

心外といった様子で来栖が僕を見た。

「違う、そうじゃなくて……一人で」

「ああ」

と、来栖は顔を赤らめるとスカートの裾《すそ》を握ってうなずいた。

「それは……あるよ……」

「じゃあ」

「自分で触るのと違うよ……」

苦笑いする来栖。

「てか、なにを言わせるんだよ、君は」

「僕は、触りたいけどな……」

素直に告げた。

肉棒は天井をむき射精への期待に膨《ふく》らんでいる。

心臓は痛いほどに鳴り、喉《のど》が苦しい。

「でも……これはちょっと……」

「我慢できないほど感じるのか？」

「びっくりしてるだけかもだけど」

僕は来栖に迫るとゆっくりとソファに寝かせた。

ふたたびの挑戦を受け入れ、来栖は抵抗なく横になる。

僕がスカートの中に手を入れると今度は自分から足を開いた。

「すこし我慢してみて……」

「うん……」

長く息を吐き出すと来栖が目をつむった。

「我慢してみる……」

僕はその言葉を合図に来栖の陰部へと指を触れさせた。

ぬちゃ。と、粘り気のある柔らかい部分に指が溶けこむようだった。

「んんんんっ」

目をつむり、自分の右手を噛みながら来栖が声をおさえる。

体がびくんと一度震えたようだった。

「大丈夫か」

「んんんん」

首をふる来栖。

きいておきながら僕はやめる気はなかった。

来栖の陰部に指を這《は》わせる。人差し指で溢《あふ》れ出た愛液をすくうようにした。

「ああんんんっ」

手を噛んではいるが声が漏《も》れる。目を見開き、来栖が僕を見る。

どうしてやめてくれないのか。そう問う目だ。

「スカート、邪魔だ」

「ちょっと？　奥谷《おくや》くん？」

スカートをめくると来栖が口から手を離し、スカートをもどそうとする。

しかし僕は来栖の手を制して、どうにか陰部を観察した。

薄い栗色の細い陰毛が茂っている。その下にてらてらと濡れた陰部があった。

大陰唇が誰の侵入も許さないと主張するようにぴったりと閉じていた。

甘い柑橘《かんきつ》系の香りが鼻腔をくすぐり、僕の脳をかき混ぜた。

「ああっ……来栖」

もう一度触れようと僕は手を伸ばした。

「ほんと！　待って！　ダメだから！」

来栖はほとんど叫んでいた。

あまりの声に僕ははっとして手を止めた。

「あ……ごめん」

「もう」

と、頬を膨らませると来栖が僕を睨《にら》む。

「待ってよ……わたし、軽くイッちゃったみたいだから……」

「え？」

「え？　じゃないよ……言わせないで」

「でも、ちょっと触っただけ……」

「そうだよ。ちょっと触られただけで、イッたんだよ」

拗《す》ねるように目に涙を溜《た》める来栖。

顔をそむけると来栖はつぶやいた。

「奥谷くんに触られてると思ったら……」

「あぁ……」

来栖の言葉に幸福感が体の中央を突き抜けた。

触れていないのに肉棒が跳ねあがる。

「来栖」

抱きついていた。

「あんっ……ちょっと……え？　もう……ちゅう」

唇を重ね、見つめ合う。

潤《うる》んだ来栖の瞳に興奮しきった僕の顔が映っていた。

「ねえ……お腹《なか》に、大きくなったのが……」

そうなのだ。

僕が来栖に覆《おお》いかぶさっている。

そのためちょうど来栖のお腹に勃起《ぼっき》した肉棒が接触しているのだ。

「挿《い》れたい……」

来栖の前で格好をつけるのは無理だ。

頭で思ったことがそのまま口に出てしまう。

ちいさな子供をしかるときのように来栖が口をへの字にした。

「無理だよ……入らないって」

どうやら僕とセックスすることはイヤではないらしい。

それよりも物理的な問題があるのだ。

来栖は処女で、ぴったりと陰部が閉じている。

そしてなによりも僕のチンコがデカすぎる。

「それに……コンドームもないし……」

「買ってくるから」

「ええ？　なに言ってんの？　また、いつでもできるから……今日は、ね？」

首をかしげて来栖が微笑んだ。

頬にできた笑窪《えくぼ》が愛らしく、そしてどうしようもなく女の子っぽかった。

そうだ。僕はこの人を大切にしなくてはいけないのだ。

いや、全人類が来栖のことを大切にするべきだ。

僕は来栖の頭を撫《な》でて優越感を味わってからうなずいた。

「そうだな……」

「偉いぞ、奥谷幸明《こうめい》」

どうしてか褒《ほ》められた。

僕は来栖から体を離すと冷静になるために大きく深呼吸をした。

立ちあがり来栖のほうを見ないようにする。

「ねえ、奥谷くん？」

「ん？」

しかし見てしまった。

ソファに座り、胸を露出《ろしゅつ》したままの来栖。

「その大きくなったの、もどさないとだよね？」

「まあ、そうだな……」

限界まで膨らんだ僕のデカチン。

それを見つめながら来栖がつぶやいた。

「時間が経《た》てば、もどるものなんでしょ？」

「そ、そうだけど……」

「射精したい？」

純粋な目をむけて来栖が僕を見つめる。

せっかく冷静になってきたのに来栖のその目に僕は興奮をとりもどす。

「したい」

「じゃあ……」

と、上半身裸の来栖がソファからおりる。

そして僕へとちかづいてきて、床に膝《ひざ》をついた。

「舐《な》めればいい？」

「いや……できれば……」

と、僕はソファに座った。

そしてそそり立つ肉棒を来栖へとむけながらお願いをした。

「おっぱいで挟んでほしい……」

28

「こ、こうかな……？」

慣れない手つきで来栖《くるす》が自分の胸を両側からよせる。

その胸と胸のあいだには僕の巨大なチンコがある。

僕はソファに座って肉棒を来栖へとむけていた。

床に膝《ひざ》をついた来栖は背筋を伸ばし、自分の胸をその肉棒へと押しつけている。

いまの状態だけで充分射精しそうだった。しかしここはぐっと我慢だ。

柔らかな来栖の双丘《そうきゅう》が僕の肉棒を包みこんでいく。

「あ、あああぁ……」

脊髄《せきずい》に電気が走ったようだった。

脳天から足先まで快感が突き抜ける。

「ど、どうすればいいの？」

胸でチンコを挟んだまま来栖が僕へと問う。

僕は声を発する方法すら忘却していた。

半分しか開かないまぶたから来栖を見る。

「そんなに気持ちいいの？」

「はい……」

「なんか、うれしいな」

そうつぶやき、来栖が胸をさらに僕の息子へと押しつける。

僕の太い肉幹であってもふくよかな来栖の胸であれば、全部を包みこむことができた。

しかし亀頭の部分は露出《ろしゅつ》している。

「く、来栖……先っぽ……舐《な》めて」

どうにか指示を出すと、来栖がうなずいた。

うなずくと同時に、亀頭へとちいさな舌を這《は》わせる。

「んあっ」

腰が跳ねた。

「きゃっ」

短い来栖の悲鳴がきこえる。

急に僕がチンコを押し出してきたので、びっくりしているのだ。

「気持ちいいんだね？」

「すごく……」

ふたたび胸で肉棒を挟むと、来栖が先っぽを舐める。

ちろちろ。と、固くした舌で一所懸命《いっしょけんめい》に刺激を与えてこようとした。

その健気《けなげ》な奉仕精神に優越感と幸福感がブレンドされる。

「おっぱいで、しごいてくれ……」

「こう?」

両側から肉棒を挟んでいる胸を、来栖が上下にうごかしはじめた。

この世のものとは思えない快感が襲ってくる。

これは肉体的な快感もさることながら、精神的な快感が大きい。

「ん、ちゅ、あちゅぷ、くちゅ、んぷっ」

慣れてきたのか来栖の舌の動きが速くなっていった。

そしてしごく胸の上下運動も速くなっていく。

ぴん。と、張りつめた乳首が僕の目の前で上下にうごく。

完璧美少女によっておこなわれる、ただただ男を射精に導こうと必死になっている光景。

それを見られただけで僕は満足しただろう。

しかしいま、僕は当事者なのだ。射精へ導かれようとしている男なのだ。

「あ、あ、あ……来栖……イキそう」

「ぷちゅ、くちゅ、あんちゅ、ん、んなっ……そうだ」

舌を亀頭から離すと来栖が胸をうごかしながら僕を見る。

そして少しだけ照れたようにして言った。

「ねえ、美亜《みあ》って呼んで」

「ああ！　美亜、出そう」

立ちあがると、僕は自分で肉棒をしごいた。

急なことに来栖が戸惑《とまど》いの表情を見せる。

「お、奥谷くん、わたしはどうすればいい？」

「咥《くわ》えて、先っぽ」

「え？　あ、うん……あむっ」

慌《あわ》てたように来栖が亀頭部分を咥えた。

僕はしごく手を速めて、一気に射精感を高めた。

腰の中央へと集まっていくマグマのような快感の塊《かたまり》。

そしてそのマグマが、細い管を無理やりに通り外へとむかっていった。

「ああっっ」

ダムが決壊したかのように快感の奔流《ほんりゅう》が起きる。

生温かい来栖の口内に億を超える僕の息子たちが放出されていった。

意識は吹っ飛び、思考は真っ白になった。

腰を思いっきり前に突き出し、来栖の口の中へと肉棒を押しこみ、射精した。

「んんんんんんっ」

目を見開いて、来栖が驚愕《きょうがく》の表情になる。

逃げるように口から肉棒を引き抜くと咳《せ》きこんだ。

そんな咳きこんでいる来栖の顔と胸に、残った精液が放たれる。

鼻の穴をすこし膨《ふく》らませて来栖がごくりとなにかを飲みこんだ。

「んぐっ……だぁ……びっくりしたぁ」

「……の……飲んだのか？」

射精後の倦怠《けんたい》感が僕の体を渦巻きはじめていた。

腰のあたりが一気にダルくなる。

流れている涙を来栖が手の甲でぬぐった。

「だって、口に出すから……あぁ……ほっぺにもついてる」

来栖の頬にはべっとり白濁液が張りついていた。

そしてその巨大な胸のちょうど中央あたりにも精液は飛びちっていた。

粘り気がある精液は、垂れたりはしなかった。

「ごめん……来栖」

「なんで謝るの？」

頬についた精液を指先でぬぐいながら来栖が尋《たず》ねてきた。

「気持ちよかったんでしょ？」

「そ、そうだけど……まさか、飲んでくれるとは」

「そういうもんじゃないの？」

どうやら来栖は、性に対して最低限の知識しか有していないらしい。

口に出されたから、そのまま飲んでしまったのだろう。

吐き出すという選択肢をもっていなかったのだ。

「満足しましたか？」

「あ、ああ……」

大満足だった。

立ちあがった来栖がティッシュで手を拭《ふ》き、胸についた精液を拭いた。

上半身裸のままの来栖が微笑んだ。

「では……帰りますか」

「そ、そうだな……帰ろう」

そして服を着ると二人で家路《いえじ》へとついた。

次の日。

試験の全日程を終え、放課後になった。

チャイムが鳴ると同時に僕は教室を飛び出し、屋上へとむかった。

来栖を呼び出した相手が端詰《はしづめ》高校の生徒ならば試験が終わったのは僕と同じ時間。

なら、屋上に来るのはそれからということになる。

僕は来栖よりも先に屋上へ行って隠れている手はずになっていた。

データを消してもらうことが最優先。そのため僕はできる限り登場しない。

しかし、もしも来栖が危ない目に遭《あ》いそうな場合はためらうことなく姿を現すつもりだった。

開放されている屋上にいまは誰もいない。

金網で覆《おお》われていて、ちいさなバスケットコートまである。

昼休みになると、上級生を中心に賑《にぎ》わう。

僕は屋上へと出ると隠れられそうな場所を探した。

機械室と呼ばれている小屋がある。

その小屋は金網と隣接しているため屋根にのぼることができそうだ。

そこからならちょうど屋上への入り口を見ることもできる。

金網をよじのぼり、僕は機械室の屋根にあがった。

そして目立たないようにうつ伏せになり、顔を入り口へむける。

スパイゲームの主人公になった気分だった。
しばらく待つ。来栖がやってきた。
左右に首をふり、僕がどこにいるのかを確認している。
「来栖！」
と、声をかける。
すると声がした方向へと来栖が顔をむけて僕を発見。
強張《こわば》った笑顔をむけてきた。
今日の来栖は髪を二つに結んでいた。
いつもよりすこしだけ幼く見えた。
僕に背中をむけると、来栖は屋上の入り口と相対《あいたい》した。
その手には写真が握られている。
やってくるのは来栖を狙《ねら》っている男か。
それともまったく予想もしていなかった相手か。
五分ほど経《た》ったとき、ゆっくりと屋上の扉が開いた。
来栖が大きく息を吸ったのが肩のうごきでわかった。
僕も同じタイミングで息を吸っていた。

書籍化記念　描きおろしエピソード

転校してすぐに気になる人ができた。

名前は奥谷幸明《おくたにこうめい》。名前以外にこれといって、特徴のない一般的な男子高校生だった。

どうして、こんな男が気になるのだろう。

好きかどうかは、自分でもよくわからなかった。

いままでも好きになった人はいる。

幼稚園のときに好きだったタカシくん。足が速くて、女の子からモテモテだった。

小学校のときに好きになったユウヤくん。おもしろくて、クラスの人気者だった。

中学生のときに好きになった大学生のカズキさん。すごくかっこよくて、バレンタインデーにチョコを渡すのにすごくドキドキした。

わたしにとってはどの人もちゃんと好きになった人で、どれも大切な思い出だ。

だけど、今回の奥谷くんに抱く感情はいままでとはなにかが違う。

「ねえ、これ、とれるかな？」

どぎまぎとした妙な空気があった。

神社の社殿《しやでん》。その裏にある通りから死角になった場所。

奥谷くんは、性器を露出《ろしゆつ》していた。立派に勃起《ぼつき》したそれの先端からは、いましがたわたしの着ているブレザーを汚した白濁液の残りが垂れていた。

可愛い。そう思ってしまった。

興奮もしたし、エッチな気持ちにもなった。

だけど一番強く思ったのは、可愛いだった。

「あ、来栖《くるす》……その……ごめん」

奥谷くんが、顔をあげてわたしを見る。

お互いに呼吸が浅かった。まだ性的な興奮の残滓《ざんし》があたりを漂っている。そんな感じがした。

「気にしないで」

わたしはポケットティッシュをとりだした。素早くブレザーについた精液をぬぐった。

奥谷くんにもティッシュを渡してあげる。背中をむけると、丸くなる奥谷くん。先端から垂れている精液をそそくさと拭《ふ》いているのだ。

そんな奥谷くんの姿がどうしようもなくわたしには愛《いと》おしかった。

「奥谷くん……」

思わず名前を呼んでいた。

「え？」

奥谷くんがふりむいて、わたしのほうを見た。

頬が熱くなるのを感じながら、わたしは首をふった。

「ううん、なんでもない……あ、制服のことは気にしないで」

「ごめん」

「謝らないで。どうせ衣替《ころもが》えの季節だし、クリーニングに出すつもりだったから」

もちろんこのままクリーニングには出せない。家で軽く水洗いする必要がありそうだ。

「クリーニング代、払うから」

「いいよ、そんなの」

パンツとズボンをはくと、奥谷くんは自嘲《じちょう》気味に笑った。

「奥谷くんはイヤだった？」

答えをわかっていながら、きいてしまう。

「そ、そんなイヤなんてこと……」

慌《あわ》てた様子がいじらしく、わたしの胸を小刻みに締めつける。

「気持ちよかった？」

「あ、ああ。すごく気持ちよかった」

「素直だね……マンションまで送ってくれる？」

「も、もちろん。そのつもり」

うなずくと、奥谷くんが先に歩き出す。

黙ったまま通りに出て、マンションへとむかう。

わたしは奥谷くんよりちょっとだけうしろを歩いた。

ちゃんとついてきているか確認するように、奥谷くんが何度もわたしのほうをふりかえる。

「いるよ……」

奥谷くんがふりかえるたびに、わたしは声には出さずそう言った。

横に並んで歩いてはあげない。

まだ距離をつめてはあげない。

きっと、奥谷くんもわたしとならんで歩くのはイヤだろう。

好かれているのはわかっている。キスをしたとき、たしかに気持ちの交流があった。

奥谷くんはわたしのことが、どうしようもなく好きなんだとわかった。

でも奥谷くんの中にあるなにかが、わたしと隣り合って歩くのをよしとしていない。

足を止め、奥谷くんが体ごとふりむいた。

すこし切れ長の目でわたしを見つめてくる。

わたしが住むマンションまでは、まだ距離があった。

いつもどこか暗いものを背負っている奥谷くんの目。

知り合って日は浅いが、奥谷くんには人生をどこか諦観《ていかん》している雰囲気があった。

かっこよくはない。

背も高くない。

自分に自信がなくて、気の利《き》いたことも言えない。

一緒にいて楽しいかときかれれば、わたしは微妙だと答えるだろう。

どうしてこんな人が気になるのだろう。何度でもそう思ってしまう。

「どうしたの？」

でも、気になるのだ。

この気持ちは恋と言えるのだろうか。

憧《あこが》れからの焦《こ》がれるような恋ではない。

友情の延長線上にある心地よい恋でもない。

あえて表現するなら、未知への興味。好奇心。探求心。

奥谷くんは、いままで会ったことのないタイプの人だ。

転校してきたわたしと距離をつめようとはしなかった。

だからといって距離をあけようともしなかった。

たいていの人は、わたしと距離をつめるか、距離をあけるかのどちらかを選択をする。

しかし奥谷くんは、こちらの居心地が悪くならない絶妙な距離感を保ったまま存在した。

意識すれば視界には入る。でも意識しない限りその存在は無いに等しかった。

足を止めたまま黙っている奥谷くんにもう一度尋《たず》ねる。

「どうしたの？」

「く、来栖……」

すこし考える時間があったのち、奥谷くんがぽつりと言った。

「僕にとっても、来栖は特別だから」

ややもすれば告白ともとれる発言だった。

しかし奥谷くんはそういうつもりで言ったのではない。

神社でわたしが奥谷くんに言ったのだ。キミはわたしにとって特別な存在だと。

そしてその証拠にと、その巨大な性器をしごいて射精までいざなってあげた。

だから、わたしもきく。

「証拠は？」

「え？」

「奥谷くんにとってわたしが特別だって証拠はある？」

そんな意地の悪い質問をしてしまう。

「あ……えっと」

煮え切らない、男らしくない態度。

困っているような、笑っているような、そんな曖昧《あいまい》な表情にやきもきさせられる。

どうして、こんなにも気になってしまうのだろう。何度も思う。

理由を欲《ほっ》してしまうのはわたしの悪い癖《くせ》だが、どうしても思ってしまう。

感情に素直になればいいのに、いつも理由を必要としてしまう。

面白いから好き。かっこいいから好き。話が合うから好き。

そうやって理由があれば、安心してその人のことを好きだと思えるのだ。

でも、奥谷くんのことを好きだと認めたとして、その理由がわからなかった。

考えれば考えるほどに、好きになる理由はないように思えた。

「来栖は、なにか、してほしいことあるか？」

わたしは首をふった。

「そんなの、すぐには思いつかないよ……」

「な、ならどうすればいい？　どうしたら信じてもらえる？」

さらに困ったように奥谷くんが、眉をよせた。

「自分で考えてくださいっ」

冗談ぽく言うと、わたしは歩き出した。

さっきまでとは逆に、奥谷くんがわたしのすこしうしろをついてくる。

やはり奥谷くんは、わたしと隣り合って歩こうとはしなかった。

マンションの前で別れた。

「また、明日……」

手をふることもなく、ポケットに手をつっこむと奥谷くんは駅のほうへと去っていく。

途中、わたしのほうをふりむくこともなく、速足で逃げるように遠ざかる。

マンションの前でわたしが見送っていることに気付く様子もない。

「ああ、お帰りなさい。入れ違いになると思ってたけど」

部屋に入ると、お母さんが声をかけてきた。これから仕事の会合だと言っていた。スーツ姿で、出かけるために鞄《かばん》を肩にかけたところだ。

「ただいま。もう、出るの？」

「夜、遅くなるから……ん？」

わたしを見ると、お母さんは不思議そうに小首をかしげた。

たしかにいまのわたしは、出かけるときと格好が違う。ブレザーを脱いで、それを手に抱《かか》えているのだ。

「ああ……途中で暑くなっちゃって」

必要のない言い訳が先に口から出た。

「奥谷くんだっけ」

お母さんはブレザーのことが気になったわけではなかったようだ。思い出したようにそそくさと、お母さんは玄関にむかった。

「好きなの？」

あまりにも直球。あまりにも無遠慮。

玄関に見送りに行きながら、わたしは答えを探した。

探し終わる前に、お母さんが靴を履《は》きながらさらにきく。

「奥谷くんのこと、好きなんだね」

「なんで、そうやって……」

顔が赤くなるのを感じた。うまく自分の感情を操作できない。

先刻に奥谷くんとキスをして、性器をしごいてきたのだ。それが思い出されて、心臓が痛いほどに鼓動を打つ。

「ははは っ。青春、青春」

ひどく楽しそうにお母さんはリズミカルに青春という言葉を繰り返した。

わたしの頭を軽く叩くと、扉をあけた。

「頑張れよ、美亜《みあ》！　あの子は一筋縄ではいかないぞ！」

「え？　それって、どういう……」

顔をあげて、わたしは意味をきこうと思ったが、そのときには扉はしまっていた。

しばらく玄関で呆《ほう》けたあと、わたしは鍵《かぎ》をかけた。

その後、ブレザーを水洗いした。生地《きじ》が傷《いた》まないように丁寧《ていねい》に洗った。

精液の独特な香りが鼻腔《びこう》をつく。

こんな匂《にお》いがするんだ。初めて嗅《か》ぐ匂いだった。

神社でのことが思い出される。すこし胸の奥がうずく。

わたしは自分がここまで性に積極的だとは思っていなかった。

たしかに性欲は強いほうだとは思うし、それなりに興味がある。

でも、まさか付き合っていない男子を相手に、あそこまでのことをするとは思ってもいなかった。

相手が奥谷くんだからこそ、自分をさらけ出していいと思ったからこその言動だったのは間違いない。つまり、なにも着飾る必要のなくなったわたしはエロいということだ。

鏡に映る自分の顔を見て、思わずつぶやく。

「……エッチ」

クリーニング屋にブレザーをあずけた。その帰り道に夕食の買い物をした。

買い物中でも思い出されるのは神社でのことだった。

唇を合わせたときの感覚が、手で性器を握ったときの感触が、生々しく蘇《よみがえ》る。

唇と唇を貪《むさぼ》り合い、唾液《だえき》が混じっていくときに感じた、言葉で言い表せられない感情が、しごいたときの摩擦《まさつ》による熱や、汗ばんだ奥谷くんの性器が、蘇る。

大きかった。ほんとうに大きかった。

あんなの、わたしの中に入るわけがない。

家に帰り、部屋着に着替えた。

一人分の夕食をつくる。今日、両親の帰りが遅いのはわかっている。

わたしは急いで料理をし、急いで夕食を済ませようとしている自分に気付く。

勉強をするつもりだとか、見たいテレビがあるからではない。

簡単に夕食を済ませる。

体が熱くなっている。

キスをしたい。

もう一度、奥谷くんとキスをしたい。

触りたい。

もう一度、あの大きなものを触りたい。

こんなにも自分がエロい人間だとは驚きだ。

部屋に速足でむかい、ベッドに飛びこむ。

布団に顔をつけて、強く目をつむった。

深く呼吸をする。落ち着こうとするが、なかなかできない。

一人ですることは間々《まま》あった。両親が寝静まったのを確認して、ショーツの上から触るのだ。

だんだんと興奮してきたら直接に触る。そのときに頭に思い浮かべるのは、ぼんやりとした異性の存在。太く逞《たくま》しい腕でわたしを抱き、そして優しく快感へといざなうのだ。

違う。奥谷くんのような男では断じてない。

「んっ」

意図せず、自分の口からエロい声が出た。

火照《ほて》る体と悶々《もんもん》とした思考。

神社でのことを忘れようとすればするほど、鮮明な映像が頭に蘇る。

「……はっ……ん」

ちょっとだけだと思い、うつ伏せのまま部屋着にしている紺色の短パンに手を入れる。

ショーツの上から大事な部分へと優しく触れる。

呼吸を深くしようとしてもできない。

「あっ……んっ、あっ」

いつもと違う。いつもは漠然《ばくぜん》とした想像だけで一気に絶頂へとむかう。

しかし今日はリアルな映像が頭に浮かんでいた。

奥谷くんの声、奥谷くんの手、奥谷くんの顔。

そして奥谷くんの大きなもの。

「ああんっ、んあっ……あっ、ああんっ」

腰をあげ、触りやすくする。

四つん這《ば》いになった。ショーツに指の腹をこすりつける。

「濡れてる……すごいっ……こんなに？　ああんっ」

ショーツはびしょびしょだった。

「やっ……どうしよう、止まらない……ああんっ、あっ」

撫《な》でているだけなのに快感がすごかった。

本能には抗《あらが》えない。

ベッドの上に座るとわたしは短パンを脱ぎ捨てた。

座ったまま足を開げる。濡れた部分をさらに撫でた。

「はっああんっ、んっ」

声を気にする必要はない。

両親は夜まで帰ってこないし、マンションは防音がしっかりとしていた。

「ここ……気持ちいぃぃ。んんんんあぅ」

こりこり。と、敏感な部分を中指でこすった。電気が走る。腰が宙に浮く。

「あっ……ああんっ、ああ。んんんんんっ」

夢中だった。膨《ふく》れた豆を中指で弾《はじ》く。

刺激するたびに、体を快感の針が突き抜けた。

「うぅん……奥谷くん」

名前を呼んでも奥谷くんはここには来ない。

いますぐにでも部屋へやってきて、もう一度キスをしてほしい。

そしてもう一度見せてほしい。

「はぁんっ」

すこしだけでいい。あの逞しい太いものを見せてほしい。

願わくは、もう一度触らせてほしい。

「ああんっ、奥谷くんっ、奥谷くんっ」

特定の相手を想像しながら一人でしたことはなかった。

好きな人はいたし、一人でもする。

だが、好きがイコール性的な興奮には繋《つな》がってこなかった。

「んんっ、気持ちいぃ……ここ、ここ、ここ触ってほしいのっ」

自分が自分でないようだった。

想像すればするほどに、体が熱くなり、さらなる欲望に火がつく。

認めよう。

奥谷くんのことが、わたしは好きだ。
すこしだけ気になる存在は、いずれすごく気になる存在になる。
相手のことを知りたいと思ったら、それはもう「好き」なのだ。
そして奥谷くんはそれ以上だった。
わたしの中で奥谷くんは好きな人で、そして性的な興奮を呼ぶ人だ。
こんなにもわたしの中にある雌《めす》の部分を刺激する。
「ああんっ、奥谷くんっ……わたし、イクねっ、奥谷くんで、ああんっ、イクねっ」
びりりり。と、体が震えた。腰が持ちあがる。背中と足だけで体を支えた。
「はぁ……はぁ……」
果てたというのに興奮が冷めやらない。むしろ増していた。
わたしはもう理由を探すのをやめた。
好きなものは好きだし、エッチがしたいものはしたい。
ショーツを脱ぎ、上着の前ボタンをあける。
胸を露出すると、それを右手で揉《も》みあげた。
「んっ……はぁ……」
果てたあとの余韻に浸《ひた》りながら、わたしは自分の胸を揉んだ。
奥谷くんとキスをしているところを想像する。

そしてそのまま、奥谷くんに触られている想像をする。
体の奥から悦《よろこ》びが溢《あふ》れ出ていった。
先端を指でつつきながら胸を揉む。
「あっ……んっ……はっ」
目の前にはいない奥谷くんを想像して、舌を絡《から》め合う。
奥谷くんは、どうやってわたしの胸を触るだろうか。もっと激しいだろうか。
「んんっ……」
仰向けになる。足をだらしなく開いた。右手で大事なところへと手を伸ばす。
左手で胸を揉む。興奮がさらに高まっていく。
一度絶頂をむかえたことで、全身が敏感になっていた。
「ふんぅぅんっ……ああんっ、ほおんっ。すごい……奥谷くんっ」
もう頭の中にあった箍《たが》ははずれてしまった。
人差し指と中指でこりこりと充血しているクリトリスをこする。
びくんっ。びくんっ。何度も体が反応し、そのたびに快感と幸福感に包まれた。
クリトリスをこする速度は自然とあがっていく。
液体をかき混ぜるような音が部屋に響いた。
くちゅ。くちゅ。くちゅ。

「あああんっ、おおぉんっ、んああんっ」

膝を立てる。腰をあげた。指を高速でうごかす。

人差し指と中指と薬指を使って、円を描くように強くクリトリスを刺激した。

「もっとぉぉ、あああんんんっ、ああっもっとぉぉ」

ダムが決壊したかのように欲望の波が、全身に押しよせる。

快感と切なさが入り混じる。

もっと触ってほしい。具体的な人物を想像しながら懇願《こんがん》した。

「奥谷くんっあああんっ、ああっ……おおおんっ、あんんん」

跳ねる。腰が意識せずに上下した。

奥谷くんの決して男らしいとはいえない腕に抱かれる。

ぎこちないピストンで犯される。

息遣《いきづか》いまでも感じられた。

わたしは中指を中へとつっこんだ。

「あっはんっ……ほぉぉんっ」

普段はクリトリスだけで絶頂へとむかう。でも、今日はそれでは足りなかった。

折り曲げた中指で膣内《ちつない》を刺激する。恐怖すら感じる刺激が体の芯《しん》を突き抜けた。

「おお、あああほぉぉんっ」

体温は上昇し、汗が滲《にじ》む。秘部からは、とめどなく愛液が流れ出す。

「もっと、もっとほしいぃよぉ……奥谷くぅぅぅん」

思慕《しぼ》する相手の名前を叫びながら、腰と指を限界までうごかした。

部屋に響く自分の声が、本能を露出させる手助けをする。

「あああっ……おぉぉんっ、ほぉぉんっ、あっ、んんんんっ、すごいっ、すごいのくるぅぅ」

いままで感じたことのない快感が押しよせてくる前兆。

一度果てた。いつもはそこで終わりを告げ、性欲も瞬時に引いていく。

しかし今日は違う。果てたむこうに、さらなる快感への扉が開かれていた。

「あっ……おおっぉぉぉんっ、んんあぁっ、はああんっ、んんんっ」

世界がぐるぐると回転する。腰をかくかくと上下させていた。

膣の中に入った中指をさらに奥へといざなう。

額《ひたい》から汗が噴き出て、体が芯《しん》から熱を持つ。

ずぼずぼ。と、中指を何度も何度も穴へと出し入れした。

「ここにっ、ほしいぃぃっ……太いの……ほしいぃ」

切なかった。扉は開かれているのに、そのむこうへ行くことが叶《かな》わない。

どんなに自分の指で刺激を与えても、結局は予定調和な刺激なのだ。

「奥谷くんっ、奥谷くんっ、奥谷くんっ」

絶頂は不意に訪れた。

これ以上の快感を得るのは、一人では不可能と察した瞬間だった。

「あ、あ、あ、イッちゃう……イッちゃう」

巨大な快感の波が襲いかかってくる。

しかしもっと気持ちよくなれるのを知ってしまった体には、それでも物足りない。

仮初《かりそめ》の絶頂なのだ。

「あああああっ、イクっ、イクっ、もっとっもっとっあああんっ」

下半身から一気に這いのぼってくる、終わりを告げる震え。

風邪をひいたときにも似た寒気を背中に感じながら、脳の奥が弾けた。

「ああんっ……はあっ、あっ……あっ、はっ……はぁ……はぁ、はぁ」

あっけない幕引きだった。

呆然《ぼうぜん》とする。体中を浸蝕していた本能という名の興奮は、潮が引くように消えていった。

冷静さをとりもどしたとき、わたしは自分の乱れ方に戸惑《とまど》った。

「ああ……はぁ……もう、すごい……はぁ」

そして冷静になってもなお体が、なにかを求めていることにも戸惑った。

「……好き……奥谷くん……」

仰向けのまま、目の前にはいない相手に本心を訴えていた。

あとがき

この本を手にとり、読む前かあとかわかりませんが、今この「あとがき」を読んでいるあなたに感謝します。

すでに読んでくださった方、本当にありがとうございます。

最大限のお礼をさせてください。願わくは、お会いして一人一人と握手をして謝辞を述べたいところです。

まだ読んでいない方、楽しい読書体験になることはお約束するので、ぜひとも一ページ目から読んでいただければと思います。イラストだけでも見ていってください。読まなくとも、こうやって興味をもって「あとがき」を読んでくださったこと、ありがとうございます。

また、web版を読んで、声援を送ってくださった人たちに感謝します。

皆様がいなければ、ここまでくることは本当にできませんでした。感謝してもしきれません。

とくにYさん、あなたの感想を心待ちにしていた自分がいます。この「あとがき」も本来なら、Yさんにお願いできればと思ったほどです。本当にありがとうございます。

感謝します。

そしてこのエロ小説を、「そのまま出しましょう」と言ってくださったダッシュエックス文庫編集部の日比生さん、ありがとうございます。

ｗｅｂ版は誤字脱字が多いので、皆さまには書籍版から読むのをおススメします。

書き下ろし短編もありますので、なかなかに特別です。

なによりも、書籍版は素敵なイラストが掲載されております！

作者の我《わ》が儘《まま》脳内を具現化してくださったゆきまるさん、美亜《みあ》の魅力がより一層たかまり、作者もたかまっております。今後もお願いいたします。本当にありがとうございます。

他にも関《かか》わってくださった皆様に感謝をいたします。ｗｅｂの運営をしている方、社員のみなさま、集英社のみなさま、校正、印刷、書店のみなさま。きっと作者が想像もつかない多くの方たちがこの『抜け駆け～』に関わって、皆さまのもとに届けられています。本当にありがとうございます。

毎日夜八時に更新する！

と、某ユーチューバーのような無謀な挑戦をするためだけに、ｗｅｂでの連載をはじめたのが、この『抜け駆け～』です。毎日更新する以外はなにも決まっておらず、さらに無謀なことにキャラ、ストーリーすべて未定。毎日更新をしたい、という一心で書きはじめ、この題名にしても、作者のペンネームにしても、どう決めたか覚えておりません。

そんな感じで連載がはじまって、一年以上毎日更新をつづけて、多くの方に読んでいただき、気づいたら書籍化……。幸運以外のなにものでもありません。

この小説は、異世界には行きません。主人公には、女の子から無条件にモテるという以外の異能力はありません。秘密の組織、謎の老人、まだ見ぬ未来の技術も出てきません。

ただただ女の子を可愛く書くことに注力し、ただただ皆様からの感想に煽《あお》られて毎日毎日、2000文字以上を目標として連載してきました。それがそのまま本になっております。

そして断言します。エロいです。だけど、官能小説とは違います。

そんなカテゴリーエラーを起こしている『抜け駆け～』ですが、作者は勝手に『青春エロコメ』と呼んでおります。第一回『この青春エロコメがすごい！』大賞をいただけるはずです。主催は集英社さんにお願いすればどうにかなりそうです。お願いします。

本当に多くの方に読んでいただき、感想をいただき、助けられて今にいたっています。

全国の書店さんに並ぶことで、そして今後も巻を重ねることですこしでも恩返しができればと思っています。ｗｅｂ版も頑張って更新していくので、よろしくお願いいたします。

コンゴ！

佐々木かず

この作品の感想をお寄せください。

あて先　〒101-8050　東京都千代田区一ツ橋2-5-10
集英社　ダッシュエックス文庫編集部　気付
佐々木かず先生　ゆきまる先生

ダッシュエックス文庫

抜け駆けして申し訳ありません。だけど僕はエロい日々を送ることにしました。

佐々木かず

2019年2月27日　第1刷発行

★定価はカバーに表示してあります

発行者　鈴木晴彦
発行所　株式会社　集英社
〒101−8050　東京都千代田区一ツ橋2−5−10
03(3230)6229(編集)
03(3230)6393(販売／書店専用) 03(3230)6080(読者係)
印刷所　凸版印刷株式会社

ISBN978-4-08-631293-6 C0193